BILINGUAL

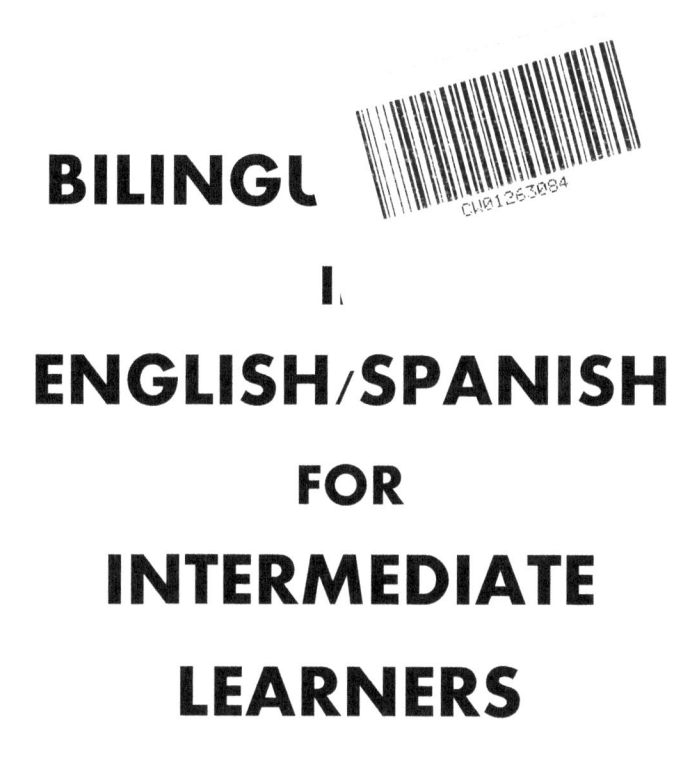

ENGLISH/SPANISH

FOR

INTERMEDIATE

LEARNERS

A Thrilling Crime Mystery

ARIEL SANDERS

Copyright © 2025 by ARIEL SANDERS
All rights reserved.

No part of this book may be reproduced, stored in a retrieval system, or transmitted in any form or by any means—electronic, mechanical, photocopying, recording, or otherwise—without the prior written permission of the publisher, except in the case of brief quotations used in reviews.

This book is intended for entertainment purposes only. While every effort has been made to ensure accuracy, the author and publisher make no representations or warranties regarding the completeness, accuracy, or reliability of the information contained within. The reader assumes full responsibility for their interpretation and application of any content in this book.

SPECIAL BONUS

Want this Bonus Ebook for *free*?

SCAN W/ YOUR CAMERA TO DOWNLOAD THE EBOOK!

SCAN ME

Index

Chapter 1: The Stranger in the Fog	7
Capítulo 1: El Extraño en la Niebla	13
Chapter 2: The Whispering Confession	19
Capítulo 2: La Confesión Susurrada	26
Chapter 3: The House on Ashdown Street	35
Capítulo 3: La Casa en la Calle Ashdown	41
Chapter 4: Betrayal's Face	47
Capítulo 4: El Rostro de la Traición	59
Chapter 5: The Surgeon's Daughter	70
Capítulo 5: La Hija del Cirujano	84
Chapter 6: The Final Descent	98
Capítulo 6: El Descenso Final	119
Epilogue: Shadows Never Die	139
Epílogo: Las sombras nunca mueren	145
Glossary in English	150
Glosario en Español	1674

Chapter 1

The Stranger in the Fog

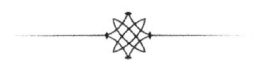

London, 1888.

The thick, cloying fog rolled through the streets of Whitechapel like a living thing, swallowing the gaslight glow and muffling the sound of hurried footsteps. Inspector Edmund Harrow of Scotland Yard pulled his overcoat tightly around him, his sharp eyes scanning the alley ahead. The city was restless, a simmering cauldron of unease after the latest gruesome murder.

He had seen bodies before — too many, if he were honest — but the work of this killer was different. Precise. Almost surgical. The newspapers called him The Phantom of Whitechapel. The people had another name: Jack the Ripper.

"Inspector!" came a voice from behind. Harrow turned to see Constable Morris hurrying toward him, his young face flushed from exertion. "There's been another one, sir. A woman found in Miller's Court. It's... it's worse than the others."

Harrow's jaw tightened as he nodded. "Show me."

Morris led him through a maze of narrow streets where poverty and despair hung in the air as heavily as the fog.

Harrow's mind wandered to the letter that had arrived at the offices of the Central News Agency just weeks prior — the one signed "Jack the Ripper" that had thrown the city into a frenzy. The killer was taunting them, turning murder into theater.

Miller's Court was cordoned off when they arrived. A small crowd had gathered despite the late hour, their faces pale and drawn in the flickering lamplight. Dr. Emmett Thornfield, the police surgeon, was already inside. Harrow had worked with Thornfield on dozens of cases, but the grim expression on the doctor's face as he emerged told him this was unlike anything they had seen before.

"Edmund," Thornfield said quietly, using Harrow's first name as he did only in the most severe circumstances. "Prepare yourself."

The room was small and sparse, with peeling wallpaper and a single iron bed frame. The woman lay upon it, or what remained of her. Harrow had witnessed the aftermath of war, had seen men torn apart by artillery, but nothing had prepared him for the methodical butchery before him. The victim had been dissected, organs removed and arranged with a precision that spoke of medical knowledge.

"Mary Jane Kelly," Morris whispered from behind him. "Twenty-five years old. A neighbor heard screams around 4 a.m. but did nothing. Said it wasn't unusual in these parts."

Harrow knelt beside the bed, careful not to disturb the scene. "Time of death?"

Thornfield consulted his pocket watch. "Between three and five this morning, I'd say. The body's still warm."
"And the... method?"
The doctor cleared his throat. "A sharp instrument, likely a surgical scalpel. The cuts are precise, deliberate. He took his time, Edmund. Hours, perhaps. There's something else—certain organs are missing. He took them with him."
"Just like the others," Harrow muttered.

"Not quite. This is more... extensive. More deliberate. As if he's refining his technique."
Harrow stood, removing his hat briefly to run a hand through his dark hair. At forty-five, he had spent more than half his life with the police, the last ten as an inspector. The lines etched around his eyes had deepened with each unsolved murder, and the Ripper case was carving new ones daily.

"Any witnesses?"
Morris shook his head. "None that will admit to it, sir. But—" he hesitated.
"Speak freely, Constable."
"There's talk, sir. The locals say they've seen a gentleman in the area. Well-dressed. Some say he carries a doctor's bag."

Harrow exchanged a glance with Thornfield. The theory that the Ripper might be a medical man wasn't new, but each murder seemed to confirm it further.
"Have the body taken to the morgue. I want a full examination, Thornfield. Every detail."

As they stepped back into the fog-shrouded street, Harrow felt the weight of failure pressing down on him. Five women dead now, their bodies violated in the most horrific manner, and he was no closer to catching the killer than when the first body had been discovered in August.

Back at Scotland Yard, Harrow's office was a reflection of his methodical mind. Detailed maps of Whitechapel covered one wall, red pins marking each murder site. Newspaper clippings were carefully arranged in chronological order. Reports and witness statements filled filing cabinets. And yet, for all his organization, the answer eluded him.

He was reaching for his pipe when he noticed the envelope on his desk. It hadn't been there when he left. Harrow's name was written across the front in a hurried, unsteady hand, the paper of good quality despite the careless script. He slid his letter opener beneath the seal and removed a single sheet.

"If you want the truth, come to St. Giles Church at midnight. Alone."

Harrow studied the note, turning it over in his hands. The paper was expensive, the kind used by the upper classes. The ink was fresh, still faintly smudged at the corners. Someone had delivered this while he was at the crime scene—someone who knew his movements and had access to Scotland Yard.

He glanced at the clock on the wall. Ten-thirty. Less than two hours to decide whether to follow this mysterious summons. It could be a trap, of course. The Ripper had shown a penchant for theatrics, and what better way to taunt the police than to lure an inspector to his death?

But if there was even a chance that the note was genuine, that someone had information about the murders, Harrow had no choice but to go. The city demanded justice, and so did his conscience.

As the hour approached, he loaded his service revolver and secured it in its holster. The weight of it against his side was both reassuring and a reminder of the danger he might be walking into. Inspector Edmund Harrow had never been a reckless man, but the Ripper case had pushed him beyond his usual caution. Five women dead. Five lives cut short with surgical precision. How many more before the killer was caught?

Midnight approached as Harrow made his way through the deserted streets. The fog had thickened, turning familiar landmarks into looming specters. Every shadow felt alive, whispering secrets of unseen horrors. By the time he reached St. Giles Church, the gas lamps flickered as though trembling at what lay ahead.

The old church stood silhouetted against the night sky, its spire piercing the mist like a warning finger pointed toward heaven. Harrow paused at the iron gate, his hand instinctively moving to his revolver. His instincts screamed that he was walking into something far worse than he could imagine.

But he had come too far to turn back now.

Capítulo 1

El Extraño en la Niebla

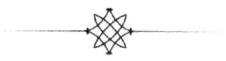

Londres, 1888.

La espesa y pegajosa niebla se deslizaba por las calles de Whitechapel como un ser vivo, engullendo el resplandor de los faroles de gas y amortiguando el sonido de los pasos apresurados. El inspector Edmund Harrow, de Scotland Yard, se envolvió más en su abrigo mientras escudriñaba el callejón que tenía por delante con ojos afilados. La ciudad estaba inquieta, un caldero hirviente de temor tras el último asesinato atroz.

Había visto cadáveres antes —demasiados, si tenía que ser sincero— pero el trabajo de este asesino era distinto. Preciso. Casi quirúrgico. Los periódicos lo llamaban El Fantasma de Whitechapel. La gente tenía otro nombre para él: Jack el Destripador.

—¡Inspector! —una voz lo llamó desde atrás. Harrow se giró y vio al agente Morris corriendo hacia él, con el rostro encendido por el esfuerzo.

—Ha ocurrido otro, señor. Han encontrado a una mujer en Miller's Court. Es… es peor que los anteriores.

Harrow apretó la mandíbula y asintió.

—Llévame.

Morris lo guió a través de un laberinto de calles estrechas, donde la pobreza y la desesperanza pesaban tanto como la niebla. La mente de Harrow vagó hasta la carta que había llegado semanas atrás a la agencia de noticias Central News, firmada con un nombre que ya había sembrado el pánico en la ciudad: Jack el Destripador. El asesino los estaba desafiando, convirtiendo el crimen en un espectáculo.

Cuando llegaron, Miller's Court estaba acordonada. A pesar de la hora, una pequeña multitud se había congregado, con los rostros pálidos y tensos a la luz temblorosa de los faroles. Dentro, el doctor Emmett Thornfield, el forense de la policía, ya estaba examinando la escena. Harrow había trabajado con él en decenas de casos, pero la expresión sombría en su rostro al salir le indicó que esto era distinto a todo lo que habían visto antes.

—Edmund —dijo Thornfield en voz baja, usando su nombre de pila, como solo hacía en los casos más graves—. Prepárate.

La habitación era pequeña y desolada, con el papel de las paredes despegándose y un simple somier de hierro como único mobiliario. Sobre la cama yacía el cuerpo... o lo que quedaba de él. Harrow había visto los estragos de la guerra, hombres destrozados por la artillería, pero nada lo había preparado para la carnicería meticulosa que tenía ante sus ojos. El cuerpo había sido diseccionado, sus órganos extraídos y dispuestos con una precisión que solo alguien con conocimientos médicos podría tener.

—Mary Jane Kelly —susurró Morris desde detrás de él—. Veinticinco años. Un vecino oyó gritos alrededor de las cuatro de la madrugada, pero no hizo nada. Dijo que en este barrio no era algo inusual.

Harrow se arrodilló junto a la cama, cuidando de no alterar la escena.

—¿Hora de la muerte?

Thornfield consultó su reloj de bolsillo.

—Entre las tres y las cinco de la mañana. El cuerpo aún conserva algo de calor.

—¿Y el método?

El médico carraspeó.

—Un instrumento afilado, probablemente un escalpelo quirúrgico. Los cortes son precisos, deliberados. Se tomó su tiempo, Edmund. Horas, quizá. Hay algo más… Faltan ciertos órganos. Se los llevó.

—Igual que con las otras víctimas —murmuró Harrow.

—No exactamente. Esto es más… exhaustivo. Más metódico. Como si estuviera perfeccionando su técnica.

Harrow se puso de pie y se quitó el sombrero un instante para pasarse la mano por el cabello oscuro. A sus cuarenta y cinco años, llevaba más de la mitad de su vida en la policía, los últimos diez como inspector. Las líneas en su rostro se habían profundizado con cada asesinato sin resolver, y el caso del Destripador le estaba dejando marcas nuevas cada día.

—¿Testigos?

Morris negó con la cabeza.

—Nadie que quiera admitirlo, señor. Pero… —dudó.

—Habla sin rodeos, agente.

—Se rumorea algo, señor. Los vecinos dicen que han visto a un caballero por la zona. Bien vestido. Algunos aseguran que lleva un maletín de médico.

Harrow intercambió una mirada con Thornfield. La teoría de que el asesino tenía conocimientos médicos no era nueva, pero cada crimen la reforzaba más.

—Lleven el cuerpo a la morgue. Quiero un informe detallado, Thornfield. Cada mínimo detalle.

Al salir a la calle envuelta en niebla, Harrow sintió el peso de la frustración sobre sus hombros. Cinco mujeres muertas. Cinco vidas segadas con precisión quirúrgica. Y él no estaba más cerca de atrapar al asesino que el día en que apareció el primer cuerpo en agosto.

De vuelta en Scotland Yard, su despacho reflejaba su mente meticulosa. Un mapa detallado de Whitechapel cubría una pared, con alfileres rojos marcando los lugares de cada asesinato. Recortes de periódicos estaban ordenados cronológicamente, junto a informes y declaraciones de testigos. Y aun así, por mucho que analizara cada pista, la respuesta seguía escapándosele.

Se disponía a encender su pipa cuando notó un sobre sobre su escritorio. No estaba allí cuando salió. Su nombre estaba escrito en la parte frontal con una caligrafía apresurada e inestable, pero el papel era de buena calidad, un contraste evidente con la torpeza del trazo. Usó su abrecartas para romper el sello y extrajo una sola hoja.

"Si quieres la verdad, ven a la iglesia de St. Giles a medianoche. Solo."

Harrow estudió la nota, girándola entre sus dedos. El papel era caro, del tipo que usaban las clases altas. La tinta aún estaba fresca, con leves manchas en las esquinas. Alguien la había entregado mientras él estaba en la escena del crimen. Alguien que conocía sus movimientos y tenía acceso a Scotland Yard.

Miró el reloj de la pared. Diez y media. Menos de dos horas para decidir si acudir a la cita. Podría ser una trampa, por supuesto. El Destripador tenía un gusto evidente por el teatro macabro, y no habría mejor manera de burlarse de la policía que tendiendo una emboscada a un inspector.

Pero si existía la más mínima posibilidad de que la nota fuera auténtica, de que alguien tuviera información sobre los asesinatos, no podía ignorarla. La ciudad exigía justicia. Y su conciencia también.

Cuando la hora se acercó, cargó su revólver y lo aseguró en la funda. Su peso contra el costado le ofreció tanto una sensación de seguridad como un recordatorio del peligro que lo esperaba. El inspector Edmund Harrow nunca había sido un hombre imprudente, pero el caso del Destripador lo había llevado al límite. Cinco mujeres muertas. Cinco vidas segadas con precisión quirúrgica. ¿Cuántas más caerían antes de que atraparan al asesino?

Poco antes de la medianoche, avanzó por las calles desiertas. La niebla se había vuelto más densa, transformando los edificios en sombras amenazantes.

Cada rincón parecía esconder secretos. Para cuando llegó a la iglesia de St. Giles, las lámparas de gas parpadeaban como si temblaran ante lo que estaba por venir.

El antiguo templo se alzaba contra el cielo nocturno, su aguja atravesando la neblina como un dedo acusador apuntando al cielo. Harrow se detuvo ante la verja de hierro y posó la mano sobre su revólver.

Su instinto le gritaba que estaba a punto de entrar en algo mucho peor de lo que imaginaba.

Pero ya era demasiado tarde para echarse atrás.

Chapter 2

The Whispering Confession

St. Giles Church hulked against the night sky, its stone walls blackened by a century of London soot. The place had seen better days, no question, but there was something fitting about its decay. Built during Queen Anne's reign, its Gothic arches and flying buttresses spoke of an era when men still feared God's judgment. Rain spat down as Harrow approached, darkening his coat. Above him, stone gargoyles leered from their perches, their features worn by time but somehow still watchful.

Midnight tolled as he heaved open the oak doors. They protested with a low groan that ricocheted through the empty nave. Harrow winced at the noise. Inside, the air hung thick with must and memory, disturbed only by the guttering of a few stubborn candles. Their weak light barely touched the shadows pooling beneath the pews and in the corners of the vaulted ceiling.

Harrow paused, letting his eyes adjust. The familiar scents of beeswax and old paper reminded him of funerals – too many funerals. He moved cautiously down the center aisle, his steps muffled by a runner that had once been crimson but had faded to the color of dried blood.

And then he spotted him.

The man huddled in the front pew, shoulders hunched like a cornered animal. Between trembling fingers, he fidgeted with a silver pocket watch, snapping it open and closed with obsessive precision. Even from a distance, Harrow could see his pallor, the sweat beading on his forehead despite the church's chill.

The stranger's head jerked up as Harrow approached. His bloodshot eyes registered first relief, then a renewed panic.

"Inspector Harrow?" The voice had the polish of education, but quavered with naked fear.

"I am." Harrow kept one hand near his coat pocket, where his revolver sat reassuringly heavy. "And you would be?"

"My name is—" The man cut himself off, darting a terrified glance toward the door. A sudden draft made the candles flicker. "No. My name doesn't matter. Only what I know."

Harrow studied him more carefully. The stranger wore a tailored suit that had seen better days – wrinkled, spotted with what might have been coffee or whiskey. His collar had long since wilted, and his beard showed patchy, uneven growth. Once London's upper crust, now sleeping rough.

"You said you had information about Whitechapel," Harrow prompted. "About the murders."

The man nodded jerkily, his Adam's apple bobbing as he swallowed. "Inspector... God help me, I've seen him. I've seen the Ripper's face." He leaned closer, dropping his voice to a raw whisper. "But if I tell you his name, I won't see morning."

Harrow felt a familiar tightness in his chest – the tension that came with being close, so close to the truth. Years on the force had taught him to keep his face impassive, but his pulse quickened.

"You have my word you'll be protected," he said. "Speak."

The stranger hesitated, as if weighing his own life against whatever burden he carried. He exhaled with resignation, then leaned forward. "His name is—"

The gunshot cracked through the church's hush like the wrath of God. The man's body jolted, his words lost in a wet gasp as blood bloomed across his shirtfront. Harrow's training took over before his mind could process what had happened. He dropped to one knee, drawing his revolver in the same motion, and scanned the rafters.

The choir loft. Perfect bloody vantage point.

He caught only a shadow slipping away. Cursing, he turned back to the informant, who sprawled half-off the pew now, breath coming in liquid rattles. Harrow cradled the man's head with one arm while pressing his handkerchief to the seeping wound with the other. Both knew it was useless.

"Stay with me," Harrow urged. "Who is he? Give me his name."

The dying man's eyes went wide with the terrible clarity that comes at the end. His lips, slick with blood, formed a single word:

"Ashdown..."

His hand twitched, and Harrow felt something pressed into his palm – a small brass key, ordinary yet somehow sinister where it lay smeared with the man's blood. Not a door key, Harrow noted distantly. Too small. A desk drawer? A lockbox?

The informant's gaze fixed on some middle distance, seeing something beyond the ceiling and the sky above it. Harrow gently closed the vacant eyes with his fingertips, then rose, clutching the key in his fist.

"Ashdown," he murmured to himself. A name? A place?

The church doors banged open, and Constable Morris burst in, flanked by two uniformed officers with revolvers drawn.

"Inspector! Gunshot reported!"

"Choir loft," Harrow directed them with a sharp gesture. "Killer's likely fled already. Search the grounds, but watch yourselves. He's not amateur."

As the officers dispersed, Morris approached the body, his youthful face trying and failing to hide his shock. "Did he say anything useful, sir?"

Harrow hesitated. Some instinct – the same one that had kept him alive all these years – told him to keep the key and the whispered word to himself. At least for now.

"Nothing we can use," he lied smoothly. "Have the body taken to Dr. Thornfield. I want a full workup, and identification if possible."

"And you, sir?"

Harrow pocketed the brass key. "Following a thread, Morris. If anyone needs me, I'm pursuing a line of inquiry."

Outside, the fog had thinned enough to see the gaslights gleaming like distant stars. Harrow pulled his collar up against the drizzle and strode with purpose toward Scotland Yard. His mind churned through the night's events. Someone had risked killing in a church to silence his informant. That wasn't desperation – it was calculation. Which meant the information was damned valuable.

Ashdown. He rolled the word through his thoughts as he walked. He'd need maps, directories, anything that might connect that name to the bloody business in Whitechapel.

A figure materialized from an alleyway ahead. Harrow tensed, hand slipping inside his coat, then relaxed as he recognized the silhouette.

"Rather biblical weather for it, wouldn't you say?" Dr. Thornfield remarked, gesturing at the dismal night with his walking stick. The medical bag in his other hand glinted dully in the lamplight. "Though I suppose midnight conspiracies require appropriate atmospheric conditions."

"Emmett," Harrow acknowledged with a thin smile. "Bit late for house calls, isn't it?"

Thornfield sighed. "Spitalfields consumption case. Poor bastard's drowning in his own lungs." He peered at Harrow's face. "You look like hell warmed over. Something's happened."

Harrow studied his old friend's features, lined by years of shared battles. Twenty years since medical school, and Thornfield still maintained that irritating ability to read him like one of his anatomy texts.

"Murder at St. Giles," Harrow admitted. "An informant claiming to know the Ripper's identity."

"Christ." Thornfield's expression hardened. "Same pattern as the others?"

"No. Single shot, professional work. Body's being sent to you as we speak."

"I'll head there directly." Thornfield turned to go, then paused. "Are you coming?"

Harrow shook his head. "Something to look into first. He said something before he died – just one word. Probably nothing, but..."

"But in this godforsaken case, 'nothing' has a way of becoming 'everything,'" Thornfield finished grimly. "Go on, then. I'll send word if the body talks to me."

They parted, and Harrow felt a curious weight settle between his shoulder blades – not quite dread, but a certainty that the night's events had shifted something. The Ripper case had already consumed half a year of his life, but tonight suggested something more complex than a lone madman with a knife.

At Scotland Yard, the night clerk looked up with poorly disguised surprise. "Inspector? Thought you'd gone home hours ago."

"Need the city directories," Harrow said, already striding toward the records room. "And property registers. Anything connected to 'Ashdown.'"

The clerk's forehead creased. "Ashdown? Well, there's Ashdown Forest down Sussex way, but in London..." He scratched his chin. "Wait. There's an Ashdown Street near the docks. East End. Nasty bit of town, that."

Harrow stopped. "Ashdown Street? What's there?"

"Storage mostly. Warehouses. Some tenements that should've been condemned during Victoria's coronation. Not much else."

But something in Harrow's gut tightened – that same instinct that had saved his hide more times than he cared to count.

"Get me everything on Ashdown Street. Every damn building."

Dawn found him bleary-eyed amidst drifts of yellowed papers and maps stained with tea and God-knew-what-else. His neck cracked as he straightened, but he'd found it – a townhouse on Ashdown Street, wedged between warehouses and listed as vacant. Property still registered to "Estate of Dr. Algernon Carstairs, deceased 1885."

Carstairs. The name struck a chord somewhere in Harrow's memory. A surgeon, once respected, who'd fallen into disgrace. Rumors of experimental procedures, patients who disappeared. The medical board had stripped his license, and he'd vanished shortly after – presumed dead by most.

Harrow stared at the brass key, still crusted with his informant's dried blood. What connection could a disgraced doctor have to the Whitechapel killings? And who would kill to keep that connection buried?

Morning light spilled through the grimy windows as Harrow gathered his coat. He'd been awake for twenty hours straight, but sleep would have to wait.

Ashdown Street wouldn't.

Capítulo 2

La Confesión Susurrada

La iglesia de St. Giles se recortaba contra el cielo nocturno como un viejo ogro de piedra. Los años habían ennegrecido sus muros; el hollín de Londres es implacable. Qué sitio más deprimente, pensó Harrow, y sin embargo, había algo adecuado en toda esa decadencia. La construyeron allá por los tiempos de la reina Ana, cuando la fe y el miedo andaban de la mano, y los hombres aún temblaban ante la idea del infierno. La lluvia —más bien una llovizna mezquina— le empapaba el abrigo mientras avanzaba por el sendero. Desde arriba, unas gárgolas desgastadas por el tiempo lo miraban con ojos vacíos que, maldita sea, parecían seguirlo.

Las doce. El reloj de la torre dio las campanadas justo cuando Harrow empujó las pesadas puertas. El chirrido de los goznes le puso los pelos de punta: sonaba como el gemido de un moribundo. El sonido rebotó entre los muros y se perdió en las sombras. Dentro apenas brillaban unas pocas velas, bailando con las corrientes invisibles, proyectando sombras inquietas sobre el altar y los bancos vacíos.

Se quedó quieto un momento. Sus ojos tardaban en acostumbrarse a esa penumbra del demonio. Olía a incienso rancio y a libros viejos; ese olor a polvo que te recuerda que todos acabaremos así. Avanzó con cuidado por el pasillo central. La vieja alfombra, desgastada por miles de pasos de penitentes, amortiguaba sus pisadas.

Y entonces lo vio.

Estaba medio escondido en el primer banco, un bulto encogido entre las sombras. Sus dedos, flacos y pálidos, jugueteaban con un reloj de plata, abriéndolo y cerrándolo como si quisiera hipnotizarse. Tenía la cara demacrada, surcada por el miedo y la desesperación. Cuando Harrow se acercó, el desconocido levantó la mirada. Sus ojos se abrieron con una mezcla extraña: alivio y terror renovado.

—¿Inspector Harrow? —La voz sonaba educada, de buena familia, pero temblorosa como una hoja.

—El mismo —confirmó Harrow, manteniendo la mano cerca de su revólver—. ¿Y usted es...?

—Mi nombre... —El hombre se interrumpió, lanzando una mirada nerviosa hacia la puerta, como si esperara que alguien irrumpiera en cualquier momento—. Mi nombre no tiene importancia. Lo que importa es lo que sé.

Harrow lo observó con más detenimiento. La ropa del tipo era cara pero estaba arrugada, como si llevara días sin cambiarse. La barba sin recortar, el pelo revuelto. Había sido un caballero de posibles, y ahora parecía un fugitivo.

—Dijo tener información sobre los crímenes de Whitechapel —le recordó Harrow.

El desconocido asintió, tragando saliva con dificultad. Sus ojos brillaban con un miedo animal.

—Inspector... he visto la cara del Destripador. Pero si le digo quién es, soy hombre muerto.

Harrow se puso tenso. Años de oficio le habían enseñado a mantener el rostro impasible, pero notaba cómo se le aceleraba el pulso. Estaba cerca, joder, tan cerca.

—Cuenta con mi protección. Habla.

El hombre exhaló, como quien se rinde ante el destino. Su voz bajó hasta convertirse en apenas un susurro:

—Su nombre es...

El disparo rasgó el aire con una fuerza ensordecedora, amplificado por la acústica de la iglesia. El hombre se convulsionó mientras la sangre florecía en su pecho como una rosa macabra. Harrow giró sobre sí mismo, sacando el revólver en un solo movimiento, pero el asesino ya se había esfumado entre las sombras. El tiro había venido del coro, arriba. Un ángulo perfecto, maldita sea.

Soltando una blasfemia entre dientes, Harrow se arrodilló junto al moribundo y le sostuvo la cabeza. La sangre borboteaba entre sus labios mientras intentaba hablar, con los ojos desorbitados por el conocimiento terrible de que eran sus últimos momentos.

—No te me vayas —le urgió Harrow, presionando su pañuelo contra la herida, aunque sabía que era inútil—. ¿Quién es? ¿Quién es el Destripador?

El último aliento del desconocido fue una única palabra, gorgoteada a través de labios carmesí:

—Ashdown...

Pero había algo más: algo que intentó pasarle a Harrow con dedos temblorosos. Una pequeña llave de latón, ahora manchada de sangre. Harrow la cogió, estudiando su diseño inusual. No era una llave de casa. Algo más pequeño. ¿Una caja fuerte, quizás? ¿Un diario?

Los ojos del hombre quedaron fijos en algún punto lejano, más allá del techo de la iglesia. Harrow se los cerró suavemente antes de ponerse en pie, con la llave fuertemente apretada en la palma.

—Ashdown —repitió en voz baja. ¿Un nombre? ¿Un lugar? Una pista que había costado la vida de un hombre.

Las puertas de la iglesia se abrieron de golpe, y el agente Morris entró corriendo con otros dos policías, revólveres en mano.

—¡Inspector! ¡Hemos oído un disparo!

—El asesino ha huido por el coro —dijo Harrow, señalando hacia la escalera de caracol—. Registrad los alrededores, pero con cuidado. Va armado y está desesperado.

Mientras los agentes se dispersaban, Morris se acercó al cadáver, su rostro joven solemne.

—¿Le ha dicho algo, señor?

Harrow dudó. Algo le decía que debía guardar la llave y la palabra susurrada para sí mismo, al menos por ahora.

—Nada concluyente. Que lleven el cuerpo al doctor Thornfield. Quiero saber quién era.

—¿Y usted dónde estará, señor?

Harrow se guardó la llave de latón en el bolsillo.

—Siguiendo una pista, Morris. Si alguien pregunta, estoy investigando.

La niebla se había disipado ligeramente cuando Harrow salió de la iglesia, pero la noche seguía siendo opresiva. Ahora se movía con determinación, su mente revolviendo los acontecimientos de la velada. Alguien se había tomado muchas molestias para silenciar a su informante, lo que significaba que la información era valiosa, tal vez incluso la clave para resolver el caso.

Ashdown. La palabra resonaba en sus pensamientos mientras regresaba hacia Scotland Yard. Tendría que consultar los directorios de la ciudad, mapas, registros de propiedades. Si era una persona, estaría en los registros. Si era un lugar...

Una figura salió de las sombras frente a él, bloqueando su camino. Harrow llevó la mano al revólver, luego se relajó ligeramente al reconocer la silueta.

—Un poco tarde para dar un paseo, ¿no crees, Edmund? —preguntó el doctor Thornfield, con su maletín médico en la mano—. ¿O los paseos a medianoche forman parte ahora de tu técnica investigadora?

—Emmett —saludó Harrow con un gesto de cabeza—. Podría preguntarte qué te trae a ti por aquí a estas horas.

Thornfield levantó su maletín.

—Un paciente en Spitalfields. Tisis, pobre diablo. Probablemente no durará la semana. —Estudió el rostro de Harrow—. Parece que hubieras visto un fantasma. ¿Ha pasado algo?

Harrow contempló a su amigo de veinte años. Thornfield había estado con él en todos los casos importantes, su experiencia médica había resultado invaluable. Si había alguien en quien podía confiar, era Emmett.

—Ha habido un asesinato en St. Giles. Un hombre que afirmaba tener información sobre el Destripador.

La expresión de Thornfield se ensombreció.

—¿Otra víctima? ¿O algo diferente?

—Diferente. Un solo disparo. Profesional. El cuerpo debería estar llegando a la morgue en menos de una hora.

—Iré para allá ahora mismo —dijo Thornfield, girándose ya—. ¿Me acompañas?

Harrow negó con la cabeza.

—Hay algo que necesito investigar primero. El hombre dijo una palabra antes de morir. Puede que no sea nada, pero...

—Pero en este caso, no puedes permitirte pasar por alto nada —completó Thornfield—. Entiendo. Examinaré el cuerpo y te avisaré si encuentro algo inusual.

Al separarse, Harrow sintió una extraña inquietud apoderarse de él. El caso del Destripador había consumido sus horas de vigilia y atormentado sus sueños, pero los acontecimientos de esta noche sugerían algo aún más siniestro: una conspiración más allá de la obra de un loco solitario.

De vuelta en Scotland Yard, el empleado nocturno se sorprendió al verlo.

—¿Inspector Harrow? No esperaba verlo esta noche.

—Necesito acceso a los directorios de la ciudad y a los registros de propiedades —dijo Harrow, dirigiéndose ya hacia la sala de archivos—. Particularmente cualquier cosa relacionada con el nombre "Ashdown".

El empleado frunció el ceño.

—¿Ashdown? Está el Bosque Ashdown en Sussex, pero en Londres... Espera, hay una calle Ashdown en el East End, cerca de los muelles. Zona peligrosa, esa.

Harrow se detuvo.

—¿Calle Ashdown? ¿Qué hay allí?

—Almacenes, principalmente. Algunas casas viejas que deberían haber sido demolidas hace años. Nada especial.

Pero algo en el instinto de investigador de Harrow se agitó.

—Tráeme los registros de propiedad de la calle Ashdown. Cada edificio.

Horas después, rodeado de libros de contabilidad polvorientos y mapas descoloridos, Harrow encontró lo que buscaba. Entre los almacenes y casas de vecindad de la calle Ashdown se alzaba una antigua casa señorial, ahora catalogada como abandonada. Pero la propiedad seguía registrada a nombre de un propietario privado: el patrimonio del doctor Algernon Carstairs, fallecido en 1885.

Carstairs. El nombre le sonaba a Harrow. Un cirujano respetado que había caído en desgracia en medio de rumores sobre prácticas poco éticas. Había desaparecido de la vida pública hacía años, presumiblemente muerto después de que su consulta se viniera abajo.

Pero, ¿qué conexión podría tener un médico desacreditado con los asesinatos del Destripador? ¿Y por qué alguien mataría para mantener esa conexión en secreto?

La llave de latón parecía arder en el bolsillo de Harrow mientras la primera luz del amanecer se filtraba por las ventanas. Había encontrado su próximo destino.

La calle Ashdown le esperaba.

Chapter 3

The House on Ashdown Street

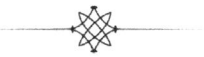

The name led Harrow to a decaying mansion on Ashdown Street, long abandoned—or so it seemed. Morning had given way to afternoon, but here in the shadow of warehouses and run-down tenements, the day remained dim and colorless. The structure loomed in the weak sunlight, its once-grand façade crumbling with neglect. Two stories of Georgian elegance gone to ruin, with boarded windows and a front door that hung askew on rusted hinges.

Harrow had not come unprepared. He had spent the morning researching Dr. Algernon Carstairs, piecing together the man's history from medical journals and newspaper archives. Once a celebrated surgeon, Carstairs had pioneered experimental techniques in the 1870s. His work had been controversial but respected—until rumors began to circulate about his methods. Patients who disappeared. Unorthodox surgeries performed without consent. By 1885, he had been stripped of his medical license and ostracized from society. Shortly after, he had vanished.

Presumed dead, according to the official record. But Harrow was beginning to suspect otherwise.

The inspector approached the house cautiously, aware that he might be walking into danger. He had told no one of his destination—a precaution that now seemed foolish given the events at St. Giles. If the Ripper or his accomplice were watching the house, Harrow would be an easy target.

But the street was deserted in the afternoon gloom, the neighboring buildings as lifeless as the Carstairs mansion itself. Harrow moved up the cracked stone steps, his hand resting on his revolver. The front door yielded with a groan of protest, opening onto a foyer thick with dust and shadow.

The air was heavy with the scent of damp wood and something more sinister—a metallic tang that spoke of blood long dried. Harrow's breath misted as he stepped inside, his lantern barely illuminating the shadowed corners of the grand foyer. The walls bore the remnants of peeling wallpaper, faded portraits of forgotten souls staring at him with hollow eyes. He moved carefully, his boots creaking against warped floorboards.

The house had clearly been a place of wealth once. Crystal chandeliers hung from high ceilings, now draped in cobwebs. A grand staircase curved upward to the second floor, its mahogany banister dulled by years of neglect. Harrow swept his lantern across the entrance hall, noting the layers of dust that covered everything—undisturbed dust, except for a set of footprints leading deeper into the house.

Recent footprints.

Harrow followed them through what had once been a drawing room, now stripped of furniture save for a single armchair positioned before a cold fireplace. The tracks continued toward the back of the house, to what would have been the study in a residence of this design.

The door to the study was closed but unlocked. Harrow pushed it open slowly, the lantern's glow spilling into darkness.

Then he saw it.

A wooden table, covered in yellowed medical notes and instruments. Glass jars filled with preserved organs lined the shelves, their contents barely visible in the dim light. A leather-bound journal lay open, the inked handwriting meticulous and deliberate.

This was no abandoned house. This was a workshop.

Harrow approached the table, careful not to disturb anything. The instruments were surgical — scalpels, forceps, bone saws, all meticulously arranged and polished to a shine that contrasted sharply with the decay surrounding them. The jars contained specimens that Harrow couldn't bring himself to examine too closely. Human organs, preserved in formaldehyde, labeled with dates and notes.

The journal drew his attention. Written in a precise hand, it detailed experiments and procedures in clinical language. Harrow read a passage, his stomach churning:

"The experiment continues. The perfect specimen is near. The city shall tremble before my masterpiece. Subject E proved unsuitable, the tissue rejecting the graft. Subject F shows more promise, though the circulatory system remains problematic. The transplant technique must be refined further."

Transplant. Grafts. The clinical detachment of the language couldn't disguise the horror of what was being described. Harrow turned the pages, finding detailed anatomical drawings and notes on surgical procedures that went far beyond conventional medicine.

A floorboard creaked behind him. Harrow turned sharply, revolver drawn, but the figure melted into the darkness — gone before he could catch a glimpse. He pursued, rushing back into the corridor, but found only empty rooms and more shadows.

The Phantom was watching.

Harrow returned to the study, his nerves on edge. He needed evidence, something to connect Carstairs — or whoever was using this house — to the Ripper murders. He examined the journal more carefully, noting dates that corresponded to the killings. The most recent entry was dated November 9, the day of Mary Kelly's murder:

"The final specimen acquired. The procedure can now move to its culmination. Years of work, of sacrifice, of being misunderstood by lesser minds. Soon they will all see. Soon my creation will breathe."

Breathing. Creation. The words chilled Harrow to the bone. This was beyond murder; this was something pulled from the darkest corners of human imagination.

He was reaching for the journal when he noticed a small lockbox partially hidden beneath the table. Brass, with an intricate lock that seemed familiar. Harrow withdrew the key from his pocket — the one the dying man had pressed into his hand. It matched perfectly.

Inside the box was a single item: a pocket watch, silver and engraved with initials. A.C. Algernon Carstairs. So the doctor was connected to this place, just as Harrow had suspected. But was he the Ripper? Or was something more complex at work?

A noise from below made Harrow freeze. Not a creaking board this time, but the distinct sound of a door opening and closing. Someone had entered the house.

Harrow quickly replaced the watch, took the journal, and turned off his lantern. He moved silently toward the door, listening. Footsteps, deliberate and unhurried, were ascending the stairs. Whoever it was, they were not trying to conceal their presence. They felt safe here. At home.

The inspector slipped into an adjacent room—what had once been a bedroom, now stripped bare save for a rusted bed frame. He positioned himself behind the door, revolver ready, as the footsteps approached.

A figure passed by, tall and wearing a long black coat. The glimpse was brief, but enough to see that the newcomer carried something—a doctor's bag, its leather worn but well-maintained. The figure continued down the hall to the study, where a lamp was soon lit, casting a weak glow into the corridor.

Harrow waited, counting his heartbeats, before moving to peer through the crack in the doorway. The figure stood at the table, back turned, examining the instruments. A gloved hand reached for where the journal had been, then stiffened upon finding it missing.

"I know you're here," came a voice, cultured and calm. "There's no need to hide, Inspector Harrow. We have much to discuss."

Harrow's breath caught. The voice knew him. More disturbing still, it sounded familiar, though he couldn't place it immediately.

"If I'd wanted to harm you," the voice continued, "I would have done so at the church. Please, join me. I believe you have something of mine."

Church. The pieces fell into place with sickening clarity. Harrow stepped into the corridor, revolver aimed at the figure's back.

"Turn around slowly," he commanded. "Hands where I can see them."

The figure complied, and as the lamplight illuminated his features, Harrow felt the ground shift beneath him.

"Thornfield?"

Dr. Emmett Thornfield, police surgeon and Harrow's trusted colleague, smiled thinly. "Hello, Edmund. I see you found my workshop."

Capítulo 3

La Casa en la Calle Ashdown

El nombre llevó a Harrow a una mansión en decadencia en la Calle Ashdown, largo tiempo abandonada—o eso parecía. La mañana había dado paso a la tarde, pero aquí a la sombra de almacenes y casas de vecindad ruinosas, el día seguía siendo tenue y sin color. La estructura se erguía bajo la débil luz del sol, su fachada antaño grandiosa desmoronándose por negligencia. Dos pisos de elegancia georgiana reducidos a ruinas, con ventanas tapiadas y una puerta frontal que colgaba torcida sobre bisagras oxidadas.

Harrow no venía desprevenido. Había pasado la mañana investigando al Dr. Algernon Carstairs, reconstruyendo la historia del hombre a partir de revistas médicas y archivos de periódicos. Antaño un cirujano celebrado, Carstairs había sido pionero en técnicas experimentales en la década de 1870. Su trabajo había sido controvertido pero respetado—hasta que comenzaron a circular rumores sobre sus métodos. Pacientes que desaparecían. Cirugías no ortodoxas realizadas sin consentimiento. Para 1885, había sido despojado de su licencia médica y ostracizado de la sociedad. Poco después, había desaparecido.

Presumiblemente muerto, según el registro oficial. Pero Harrow comenzaba a sospechar lo contrario.

El inspector se acercó a la casa con cautela, consciente de que podría estar caminando hacia el peligro. No le había dicho a nadie su destino—una precaución que ahora parecía insensata dados los eventos en St. Giles. Si el Destripador o su cómplice estuvieran vigilando la casa, Harrow sería un blanco fácil.

Pero la calle estaba desierta en la penumbra de la tarde, los edificios vecinos tan sin vida como la mansión Carstairs. Harrow subió los agrietados escalones de piedra, su mano descansando sobre su revólver. La puerta frontal cedió con un gemido de protesta, abriéndose a un vestíbulo espeso con polvo y sombras.

El aire estaba cargado con el aroma de madera húmeda y algo más siniestro—un sabor metálico que hablaba de sangre seca desde hace tiempo. El aliento de Harrow se empañaba mientras entraba, su linterna apenas iluminando los rincones sombreados del gran vestíbulo. Las paredes mostraban restos de papel tapiz desprendido, retratos descoloridos de almas olvidadas mirándolo con ojos huecos. Se movía con cuidado, sus botas crujiendo contra tablas de suelo deformadas.

La casa claramente había sido un lugar de riqueza una vez. Lámparas de cristal colgaban de techos altos, ahora cubiertas de telarañas. Una gran escalera se curvaba hacia el segundo piso, su barandilla de caoba opacada por años de negligencia. Harrow pasó su linterna por el vestíbulo, notando las capas de polvo que cubrían todo—polvo intacto, excepto por un conjunto de huellas que conducían más profundamente a la casa.

Huellas recientes.

Harrow las siguió a través de lo que una vez había sido una sala de estar, ahora despojada de muebles salvo por un único sillón posicionado frente a una chimenea fría. Las huellas continuaban hacia la parte trasera de la casa, hacia lo que habría sido el estudio en una residencia de este diseño.

La puerta del estudio estaba cerrada, pero sin llave. Harrow la empujó lentamente, el resplandor de la linterna derramándose en la oscuridad.

Entonces lo vio.

Una mesa de madera, cubierta de notas médicas amarillentas e instrumentos. Frascos de vidrio llenos de órganos preservados alineados en los estantes, sus contenidos apenas visibles en la tenue luz. Un diario encuadernado en cuero yacía abierto, la caligrafía en tinta meticulosa y deliberada.

Esta no era una casa abandonada. Era un taller.

Harrow se acercó a la mesa, cuidando de no perturbar nada. Los instrumentos eran quirúrgicos — bisturís, pinzas, sierras para huesos, todos meticulosamente dispuestos y pulidos hasta un brillo que contrastaba agudamente con la decadencia circundante. Los frascos contenían especímenes que Harrow no pudo obligarse a examinar demasiado de cerca. Órganos humanos, preservados en formaldehído, etiquetados con fechas y notas.

El diario llamó su atención. Escrito con una mano precisa, detallaba experimentos y procedimientos en lenguaje clínico. Harrow leyó un pasaje, su estómago revolviéndose:

"El experimento continúa. El espécimen perfecto está cerca. La ciudad temblará ante mi obra maestra. El Sujeto E resultó inadecuado, el tejido rechazando el injerto. El

Sujeto F parece más prometedor, aunque el sistema circulatorio sigue siendo problemático. La técnica de trasplante debe refinarse más."

Trasplante. Injertos. El desapego clínico del lenguaje no podía disfrazar el horror de lo que se estaba describiendo. Harrow pasó las páginas, encontrando dibujos anatómicos detallados y notas sobre procedimientos quirúrgicos que iban mucho más allá de la medicina convencional.

Una tabla del suelo crujió detrás de él. Harrow giró bruscamente, revólver desenfundado, pero la figura se fundió en la oscuridad—desapareciendo antes de que pudiera vislumbrarla. La persiguió, precipitándose de nuevo al corredor, pero encontró solo habitaciones vacías y más sombras.

El Fantasma estaba observando.

Harrow regresó al estudio, sus nervios al borde. Necesitaba evidencia, algo para conectar a Carstairs—o a quien estuviera usando esta casa—con los asesinatos del Destripador. Examinó el diario más cuidadosamente, notando fechas que correspondían a los asesinatos. La entrada más reciente estaba fechada el 9 de noviembre, el día del asesinato de Mary Kelly:

"El espécimen final fue adquirido. El procedimiento ahora puede avanzar hacia su culminación. Años de trabajo, de sacrificio, de ser incomprendido por mentes inferiores. Pronto todos verán. Pronto mi creación respirará."

Respiración. Creación. Las palabras helaron a Harrow hasta los huesos. Esto iba más allá del asesinato; esto era algo sacado de los rincones más oscuros de la imaginación humana.

Estaba alcanzando el diario cuando notó una pequeña caja de seguridad parcialmente oculta bajo la mesa. De latón, con una cerradura intrincada que parecía familiar. Harrow sacó la llave de su bolsillo—la que el moribundo había presionado en su mano. Encajaba perfectamente.

Dentro de la caja había un solo artículo: un reloj de bolsillo, plateado y grabado con iniciales. A.C. Algernon Carstairs. Así que el doctor estaba conectado a este lugar, tal como Harrow había sospechado. Pero ¿era él el Destripador? ¿O había algo más complejo en marcha?

Un ruido desde abajo hizo que Harrow se congelara. No una tabla crujiente esta vez, sino el sonido distintivo de una puerta abriéndose y cerrándose. Alguien había entrado en la casa.

Harrow rápidamente reemplazó el reloj, tomó el diario y apagó su linterna. Se movió silenciosamente hacia la puerta, escuchando. Pasos, deliberados y sin prisa, ascendían por las escaleras. Quienquiera que fuese, no estaba tratando de ocultar su presencia. Se sentía seguro aquí. En casa.

El inspector se deslizó a una habitación adyacente—lo que una vez había sido un dormitorio, ahora despojado de todo excepto una estructura de cama oxidada. Se posicionó detrás de la puerta, revólver listo, mientras los pasos se acercaban.

Una figura pasó, alta y vistiendo un largo abrigo negro. El vistazo fue breve, pero suficiente para ver que el recién llegado llevaba algo—un maletín de médico, su cuero gastado, pero bien mantenido. La figura continuó por el pasillo hasta el estudio, donde pronto se encendió una lámpara, proyectando un débil resplandor en el corredor.

Harrow esperó, contando sus latidos, antes de moverse para mirar a través de la grieta en la puerta. La figura estaba de pie en la mesa, de espaldas, examinando los instrumentos. Una mano enguantada alcanzó donde había estado el diario, luego se tensó al encontrarlo ausente.

"Sé que estás aquí," llegó una voz, culta y calmada. "No hay necesidad de esconderse, Inspector Harrow. Tenemos mucho que discutir."

El aliento de Harrow se atascó. La voz lo conocía. Más perturbador aún, sonaba familiar, aunque no podía ubicarla inmediatamente.

"Si hubiera querido hacerte daño," continuó la voz, "lo habría hecho en la iglesia. Por favor, únete a mí. Creo que tienes algo mío."

La Iglesia... Las piezas cayeron en su lugar con claridad enfermiza. Harrow entró en el corredor, revólver apuntando a la espalda de la figura.

"Date la vuelta lentamente," ordenó. "Las manos donde pueda verlas."

La figura obedeció, y mientras la luz de la lámpara iluminaba sus rasgos, Harrow sintió que el suelo temblaba bajo sus pies.

"¿Thornfield?"

El Dr. Emmett Thornfield, cirujano de la policía y colega de confianza de Harrow, sonrió tenuemente. "Hola, Edmund. Veo que encontraste mi taller."

Chapter 4

Betrayal's Face

"Thornfield," Harrow repeated, his revolver steady despite the turmoil threatening to unbalance him. "What does this mean?"

The doctor's smile wavered slightly. "Please, Edmund. The weapon is hardly necessary between old friends. I am unarmed." He slowly raised his hands to demonstrate, the gesture almost mocking in its exaggerated precaution.

"We are not friends," Harrow said coldly. "Not anymore. Not if you're involved in this... butchery."

Thornfield sighed, a sound of genuine disappointment. "Butchery? Is that what you see?" He gestured around the room, at the specimens and instruments. "This is science, Edmund. Progress. The future of medicine."

"Five women are dead."

"Sacrifices for a greater purpose," Thornfield countered, his voice hardening. "Have you ever wondered what price was paid for advances in medical science? Every surgeon who ever charted new territory did so over the objections of the narrow-minded and the fearful."

Harrow's finger tensed on the trigger. "Are you admitting to the murders, then?"

A flash of something—amusement?—crossed Thornfield's face. "I am admitting to pursuing scientific advancement by any means necessary. As for the murders..." He shrugged. "I examined the bodies, Edmund. I guided your investigation. Did you never wonder why the Ripper always seemed one step ahead?"

The betrayal cut deep. For twenty years, Harrow had trusted this man with his life, had dined in his home, had considered him one of his few true friends. And all the while, Thornfield had been leading him in circles, manipulating the investigation while continuing his wave of terror.

"Why?" Harrow demanded. "What could justify such depravity?"

Thornfield's expression changed, a fanatic's fervor replacing his clinical detachment. "Immortality, Edmund. The definitive victory over death itself. Dr. Carstairs began the work, but his vision was limited. He sought simply to extend life through primitive tissue grafts. I have carried his research to its logical conclusion."

"Carstairs," Harrow repeated. "So he is involved."

"Was involved," Thornfield corrected. "The good doctor has been dead for three years now. His heart, however, continues beating—in another chest. His was my first successful transplant."

Horror crept up Harrow's spine. "You're harvesting organs. From living victims."

"Fresh specimens are essential. The dead only produce dead tissue, useless for my purposes."

Harrow thought of the diary, of the clinical notes describing "subjects" and "specimens". Not women. Not human beings with names and lives. Just material for Thornfield's monstrous experiments.

"You will not leave this house alive," Harrow said, his voice firm despite the anger growing inside him. "You will be hanged for what you've done."

Thornfield smiled again, but there was no warmth in it. "I think not, old friend. You see, you are outnumbered."

A dragging sound from behind made Harrow turn, just as something heavy struck him from behind. Pain exploded across the back of his skull, and darkness rushed in from all sides. As consciousness faded, the last thing he saw was Thornfield methodically searching his coat, pulling out the journal with a look of clinical satisfaction. His fingers traced the leather binding of the diary with a cold, calculating interest, as if he had just retrieved a long-sought treasure.

"Take him down," were the last words Harrow heard before the world turned black.

Dreams and reality blurred as Harrow drifted in and out of consciousness. Flashes of memory—Thornfield standing over a dissection table in the medical school, explaining the complexities of the human heart. The faces of the Ripper's victims, their eyes accusing him of failure. The stranger in the church, blood bubbling from his lips while whispering his final word: Ashdown.

When Harrow finally awoke, it was with cold stone against his cheek and the acrid smell of chemicals. He was lying on the floor of what appeared to be an underground laboratory, much more extensive than the study above. Gas lamps illuminated a space that might once have been a wine cellar but had been converted into something between an operating theater and a torture chamber.

Steel tables with leather straps. Drains in the floor to wash away blood. Shelves lined with jars containing things that should never have existed—organs suspended in fluid, some still connected by tubes and cables to primitive mechanisms that pulsed and hummed. And in the center of it all, a single table with a form covered by a sheet, the contour unmistakably human.

Harrow tried to move, only to discover that his hands were tied behind his back. His head throbbed where he had been struck, and his mouth was dry from fear and thirst. His revolver was gone, as was his coat. Even his pocket watch had been taken.

"Ah, you're awake," Thornfield's voice came from the other side of the room. The doctor was standing at a work table, his back to Harrow while carefully measuring liquid from one beaker to another. "Good. I was beginning to worry that Davis had been too enthusiastic in subduing you."

"Davis?" Harrow croaked, his throat rough.

Thornfield casually pointed to a burly figure standing near the stairs—a man Harrow recognized as one of the morgue assistants, a simple type who rarely spoke but followed Thornfield's orders without question.

"My assistant. Not the brightest lamp in London, but loyal and strong. Useful qualities."

Harrow struggled to sit up, wincing at the pain in his skull. "How long have you been planning this, Emmett? How long have you been the Ripper?"

Thornfield turned, wiping his hands with a cloth. "The Ripper," he repeated with distaste. "Such a theatrical name. The press and their endless appetite for sensation. I am a scientist, Edmund. A visionary. The women were simply a means to an end."

"And the man in the church? The one who tried to warn me?"

"James Sutton, an old colleague from St. Bartholomew's. He stumbled upon my research two weeks ago while visiting London. He recognized some of the... patterns of the murders. Always too intelligent for his own good." Thornfield sighed. "I had hoped to silence him before he reached you, but Davis was delayed by the fog."

Harrow looked at the silent assistant, wondering what control Thornfield had over him. Blackmail? Money? Or something darker?

"You won't succeed," Harrow said, trying to keep Thornfield talking while testing his bonds. "Scotland Yard knows I was investigating Ashdown Street. They'll come looking."

Thornfield laughed, a sound devoid of humor. "No, they won't. Because according to the note you left—in your own handwriting, courtesy of some practice I've had with your signature over the years—you've gone to Sussex to follow a lead. By the time they realize you've disappeared, my work will be complete."

"And what exactly is your work? What could be worth all this death?"

Thornfield approached the table covered by the sheet, a look of pride crossing his features. "The conquest of death itself, Edmund. The creation of life from death. Carstairs began the research, but he was limited by the technology of his time and his own moral hesitations. I have no such limitations."

With a theatrical gesture, he pulled back the sheet, revealing what lay beneath.

Harrow recoiled in horror. On the table lay a body — or what had once been a body. Now it was a mosaic of parts, skin of different tones sewn together with surgical precision. The chest had been opened and closed repeatedly, scars crisscrossing the torso. Most disturbing of all, the face remained intact and peaceful, as if the rest of the atrocity had been performed on a sleeping subject.

It was the face of Algernon Carstairs, perfectly preserved while the body had been transformed into something completely different.

"My masterpiece," Thornfield said softly, passing a hand over the cold cheek of his creation. "Carstairs' face and brain, but a body constructed from the strongest and healthiest specimens I could find. The heart of a young sailor. The lungs of a coal worker, accustomed to filtering toxins. The liver of a man who could drink any of us under the table without showing effects."

"And the women?" Harrow asked, though he feared the answer.

"Reproductive organs are complex, Edmund. They required careful study. And certain glands produce essential hormones for my formula. The pineal gland, in particular, contains the key to regeneration."

Harrow felt bile rise in his throat. "You're mad, Emmett. This isn't science. This is the work of a lunatic."

Thornfield's expression darkened. "That's what everyone said about Carstairs, too. Until he demonstrated his first successful tissue graft. They called him a genius then, begged for his knowledge. Until they became afraid again." He leaned closer to Harrow. "Fear is the enemy of progress, Edmund. It always has been. Tonight, I will conquer that fear forever."

"By doing what, exactly?"

Thornfield straightened, moving towards an apparatus connected to the body by a tangle of tubes and cables. "Bringing him back. Giving him life again. Dr. Carstairs will walk and talk and think once more, but in a body that will never age, never weaken. And once I've proven it can be done, imagine the possibilities. The greatest minds of our time will never need to die. Their knowledge can accumulate through centuries."

"And you've named yourself God," Harrow said bitterly. "Deciding who deserves immortality and who is merely spare parts."

"Someone must make these decisions," Thornfield responded without a hint of remorse. "Better a man of science than the rabble who would burn every laboratory if they understood half of what happens inside them."

He directed his attention to the apparatus, adjusting dials and checking connections. Electricity buzzed through cables, making the air taste of metal and ozone. "In an hour, he will breathe again. And you, my old friend, will be the first to witness the dawn of a new era. Consider it a privilege."

"And then?"

Thornfield looked at him, his expression calculating. "Then you'll join my collection, I'm afraid. Your brain is quite remarkable, Edmund. All those years of detective work, of observation and deduction. It shouldn't be wasted just because its current lodging is beyond its best moment."

Harrow thought of the brass key, of Sutton's dying word. How Thornfield had guided his investigation from the beginning, ensuring he always looked in the wrong direction. Twenty years of friendship built on lies.

And while Thornfield returned to his horrible creation, Harrow began to work on his bonds with renewed determination. The trap had closed around him, but he was not dead yet.

And while he lived, there was hope that the nightmare might still be stopped.

Time passed with exasperating slowness while Harrow worked on the ropes binding his wrists. Each movement had to be careful, deliberate, so that Thornfield or his burly assistant would not notice his efforts. The laboratory hummed with activity while the doctor continued his preparations, moving between work tables with practiced efficiency.

"You know, Edmund," Thornfield commented conversationally while measuring a viscous blue liquid into a beaker, "in many ways, this is as much your achievement as mine."

Harrow paused in his efforts. "What are you talking about?"

"The investigation," Thornfield explained, not looking up from his work. "Your pursuit of the Ripper. It provided the perfect cover for my specimen collection. While all of Scotland Yard chased shadows and false leads—leads I carefully planted, I might add—I was free to continue my work."

The revelation hurt more than Harrow had expected. To think that all these months, all the sleepless nights and endless days dedicated to hunting the killer, had been nothing more than an unwitting accomplice. A puppet whose strings Thornfield had pulled with expert precision.

"Why tell me this now?" Harrow asked, resuming his subtle efforts to free himself.

Thornfield shrugged. "Professional courtesy, perhaps. Or maybe I simply want someone to appreciate the elegance of all this before the end. It's not often one can share the details of a perfect crime."

"Five murdered women is hardly my definition of perfection," Harrow said bitterly.

"Five? Oh, Edmund. Your official count is sadly incomplete." Thornfield turned to face him completely, something like pride shining in his eyes. "There were others. Less... publicized. Specimens whose disappearances raised no alarms. The forgotten and ignored of London, whose contributions to science will never be recognized."

A chill of horror ran down Harrow's spine at the implication. How many? How many lives had Thornfield taken while he, Harrow, had been looking in the wrong direction? How many deaths could he have prevented if he had seen through his friend's facade before?

A subtle change in the rope's tension told him he was making progress. One of the knots had begun to give way, loosening enough to allow him a bit more movement. He kept his expression neutral, not wanting to alert Thornfield to his progress.

"And Carstairs?" he asked, seeking to keep the doctor talking. "Was his death also part of your 'perfect crime'?"

Something flashed in Thornfield's face—a momentary hesitation, the first crack in his clinical detachment. "Algernon's death was... regrettable but necessary. He lost his nerve towards the end, you know? He began talking about destroying his research, about ethical implications." He scoffed. "As if ethics had any place in revolutionary science."

"So you killed him."

"I freed his brilliant mind from its failed morality," Thornfield corrected. "His brain was my first successful long-term preservation. The cornerstone upon which all my subsequent work was built."

The rope gave way more, enough for Harrow to slide a hand partially free. He would have only one chance when the moment came. He had to choose perfectly.

"And now you're trying to place that preserved brain into a new body," Harrow said, trying to understand the full extent of Thornfield's madness. "A body constructed from parts of your victims."

"Precisely," Thornfield confirmed, his enthusiasm evident as he returned to the body on the table. "The definitive triumph over death. The perfect vessel for a perfect mind. Imagine it, Edmund — a body that never weakens, never ages. Organs selected for their strength and resilience, replaced as necessary with fresh specimens."

"And who decides which minds are worthy of this 'immortality'?" Harrow challenged. "You?"

Thornfield smiled thinly. "Someone must make these judgments. Better a man of science than superstitious masses."

"A man of science," Harrow repeated. "Is this how you justify the butchery? How do you sleep at night after cutting living women?"

"I sleep quite soundly," Thornfield responded without a hint of remorse. "Secure in the knowledge that I am advancing the limits of human achievement. In a hundred years, when death itself has been conquered, my methods will be forgotten. Only the results will matter."

"In an hour, he will breathe again," Thornfield said, addressing the body on the table. "But first, I need to verify my original notes and the journal. My preliminary annotations are in the study, along with the diary containing the final formulas."

He turned to Davis. "Watch him," he ordered, pointing at Harrow. "Don't let him try anything."

Davis nodded with a menacing look, while Thornfield went up the stairs towards the study, leaving Harrow tied up in the underground laboratory with the burly assistant.

Capítulo 4

El Rostro de la Traición

"Thornfield," repitió Harrow, su revólver inquebrantable a pesar de la conmoción que amenazaba con desequilibrarlo. "¿Qué significa esto?"

La sonrisa del doctor vaciló ligeramente. "Por favor, Edmund. El arma es innecesaria entre viejos amigos. Estoy desarmado." Levantó lentamente sus manos para demostrarlo, el gesto casi burlón en su exagerada precaución.

"No somos amigos," dijo Harrow fríamente. "Ya no. No si estás involucrado en esta... carnicería."

Thornfield suspiró, un sonido de genuina decepción. "¿Carnicería? ¿Es eso lo que ves?" Hizo un gesto alrededor de la habitación, a los especímenes e instrumentos. "Esto es ciencia, Edmund. Progreso. El futuro de la medicina."

"Cinco mujeres están muertas."

"Sacrificios por un propósito mayor," contrarrestó Thornfield, su voz endureciéndose. "¿Te has preguntado qué precio se pagó por los avances en la ciencia médica? Cada cirujano que se atrevió a abrir nuevos caminos lo hizo sobre las objeciones de los de mente estrecha y los temerosos."

El dedo de Harrow se tensó en el gatillo. "¿Estás admitiendo los asesinatos, entonces?"

Un destello de algo—¿diversión?—cruzó el rostro de Thornfield. "Estoy admitiendo perseguir el avance científico por cualquier medio necesario. En cuanto a los asesinatos..." Se encogió de hombros. "Examiné los cuerpos, Edmund. Guié tu investigación. ¿Nunca te preguntaste por qué el Destripador parecía estar siempre un paso adelante?"

La traición lo hirió profundamente. Durante veinte años, Harrow había confiado en este hombre con su vida, había cenado en su hogar, lo había considerado uno de sus pocos amigos verdaderos. Y todo el tiempo, Thornfield lo había estado llevando en círculos, manipulando la investigación mientras continuaba su ola de terror.

"¿Por qué?" exigió Harrow. "¿Qué podría justificar tal depravación?"

La expresión de Thornfield cambió, un fervor de fanático reemplazando su desapego clínico. "Inmortalidad, Edmund. La victoria definitiva sobre la muerte misma. El Dr. Carstairs comenzó el trabajo, pero su visión era limitada. Buscaba simplemente extender la vida a través de injertos de tejido primitivos. Yo he llevado su investigación a su conclusión lógica."

"Carstairs," repitió Harrow. "Así que él está involucrado."

"Estaba involucrado," corrigió Thornfield. "El buen doctor murió hace tres años. Su corazón, sin embargo, continúa latiendo—en otro pecho. El suyo fue mi primer trasplante exitoso."

El horror reptó por la columna de Harrow. "Estás cosechando órganos. De víctimas vivas."

"Los especímenes frescos son esenciales. Los muertos solo producen tejido muerto, inútil para mis propósitos."

Harrow pensó en el diario, en las notas clínicas describiendo "sujetos" y "especímenes". No mujeres. No seres humanos con nombres y vidas. Solo material para los monstruosos experimentos de Thornfield.

"No saldrás de esta casa con vida," dijo Harrow, su voz firme a pesar de la ira que crecía dentro de él. "Serás ahorcado por lo que has hecho."

Thornfield sonrió de nuevo, pero no había calidez en ello. "Creo que no, viejo amigo. Verás, estás superado en número."

Un sonido de arrastre a sus espaldas hizo que Harrow se girara, justo cuando algo pesado lo golpeó por detrás. El dolor estalló a través de la parte posterior de su cráneo, y la oscuridad se precipitó desde todos los lados. Mientras la conciencia se desvanecía, lo último que vio fue a Thornfield registrando meticulosamente su abrigo, sacando el diario con una mirada de satisfacción clínica. Sus dedos recorrieron el forro de cuero del diario con un interés frío y calculador, como si acabara de recuperar un tesoro largamente buscado.

"Llévalo abajo," fueron las últimas palabras que Harrow escuchó antes de que el mundo se volviera negro.

Sueños y realidad se difuminaron mientras Harrow iba y venía de la consciencia. Destellos de memoria — Thornfield de pie sobre una mesa de disección en la escuela de medicina, explicando las complejidades del corazón humano. Los rostros de las víctimas del Destripador, sus ojos acusándolo de fracaso. El extraño en la iglesia, sangre burbujeando de sus labios mientras susurraba su palabra final: Ashdown.

Cuando Harrow finalmente despertó, sintió la frialdad de la piedra contra su mejilla y el olor acre de productos químicos. Estaba tendido en el suelo de lo que parecía ser un laboratorio subterráneo, mucho más extenso que el estudio de arriba. Lámparas de gas iluminaban un espacio que alguna vez podría haber sido una bodega de vinos pero que había sido convertido en algo entre un quirófano y una cámara de torturas.

Mesas de acero con correas de cuero. Desagües en el suelo para lavar la sangre. Estantes alineados con frascos que contenían cosas que nunca deberían haber existido — órganos suspendidos en fluido, algunos todavía conectados por tubos y cables a mecanismos primitivos que pulsaban y zumbaban. Y en el centro de todo, una sola mesa con una forma cubierta por una sábana, el contorno inconfundiblemente humano.

Harrow intentó moverse, solo para descubrir que sus manos estaban atadas detrás de su espalda. Su cabeza palpitaba donde había sido golpeado, y su boca estaba seca por el miedo y la sed. Su revólver ya no estaba, al igual que su abrigo. Incluso su reloj de bolsillo había desaparecido.

"Ah, estás despierto," la voz de Thornfield llegó desde el otro lado de la habitación. El doctor estaba de pie en una mesa de trabajo, de espaldas a Harrow mientras cuidadosamente medía líquido de un vaso de precipitados a otro. "Bien. Estaba empezando a preocuparme de que Davis hubiera sido demasiado brusco contigo."

"¿Davis?" graznó Harrow, su garganta áspera.

Thornfield señaló casualmente a una figura corpulenta de pie cerca de las escaleras—un hombre que Harrow reconoció como uno de los asistentes de la morgue, un tipo simple que rara vez hablaba, pero seguía las órdenes de Thornfield sin cuestionar.

"Mi asistente. No es la mente más brillante de Londres, pero es leal y fuerte. Cualidades útiles."

Harrow luchó para sentarse, haciendo una mueca por el dolor en su cráneo. "¿Cuánto tiempo has estado planeando esto, Emmett? ¿Cuánto tiempo has sido el Destripador?"

Thornfield se volvió, limpiando sus manos con un paño. "El Destripador," repitió con desagrado. "Un nombre tan teatral. La prensa y su insaciable hambre de sensacionalismo. Soy un científico, Edmund. Un visionario. Las mujeres eran simplemente un medio para un fin."

"¿Y el hombre en la iglesia? ¿El que intentó advertirme?"

"James Sutton, un antiguo colega de St. Bartholomew's. Tropezó con mi investigación hace dos semanas mientras visitaba Londres. Reconoció algunos de los... patrones de los asesinatos. Siempre fue demasiado inteligente para su propio bien." Thornfield suspiró. "Quería encargarme de él antes de que te alcanzara, pero la niebla ralentizó a Davis."

Harrow miró al asistente silencioso, preguntándose qué control tenía Thornfield sobre él. ¿Chantaje? ¿Dinero? ¿O algo más oscuro?

"No tendrás éxito," dijo Harrow, tratando de mantener a Thornfield hablando mientras tanteaba sus ataduras.

"Scotland Yard sabe que estaba investigando la Calle Ashdown. Vendrán a buscarme."

Thornfield rió, un sonido desprovisto de humor. "No, no lo harán. Porque según la nota que dejaste—en tu propia letra, cortesía de algo de práctica que he tenido con tu firma a lo largo de los años—te has ido a Sussex para seguir una pista. Para cuando se den cuenta de que has desaparecido, mi trabajo estará completo."

"¿Y qué es exactamente tu trabajo? ¿Qué podría valer toda esta muerte?"

Thornfield se acercó a la mesa cubierta por la sábana, una mirada de orgullo cruzando sus rasgos. "La conquista de la muerte misma, Edmund. La creación de vida a partir de la muerte. Carstairs comenzó la investigación, pero estaba limitado por la tecnología de su tiempo y sus propias vacilaciones morales. Yo no tengo tales limitaciones."

Con un ademán teatral, retiró la sábana, revelando lo que yacía debajo.

Harrow retrocedió con horror. En la mesa yacía un cuerpo—o lo que una vez había sido un cuerpo. Ahora era un mosaico de partes, piel de diferentes tonos cosida con precisión quirúrgica. El pecho había sido abierto y cerrado repetidamente, cicatrices cruzando el torso. Lo más perturbador de todo, el rostro estaba intacto y pacífico, como si el resto de la atrocidad hubiera sido realizada en un sujeto dormido.

Era el rostro de Algernon Carstairs, perfectamente preservado mientras el cuerpo había sido transformado en algo completamente diferente.

"Mi obra maestra," dijo Thornfield suavemente, pasando una mano por la fría mejilla de su creación. "El rostro y cerebro de Carstairs, pero un cuerpo construido a partir de los especímenes más fuertes y saludables que pude encontrar. El corazón de un joven marinero. Los pulmones de un trabajador del carbón, acostumbrados a filtrar toxinas. El hígado de un hombre que podía beber más que cualquiera de nosotros sin inmutarse."

"¿Y las mujeres?" preguntó Harrow, aunque temía la respuesta.

"Los órganos reproductivos son complejos, Edmund. Requirieron un estudio cuidadoso. Y ciertas glándulas producen hormonas esenciales para mi fórmula. La glándula pineal, en particular, contiene la clave para la regeneración."

Harrow sintió la bilis subir a su garganta. "Estás loco, Emmett. Esto no es ciencia. Es el trabajo de un lunático."

La expresión de Thornfield se oscureció. "Eso es lo que todos decían sobre Carstairs, también. Hasta que demostró su primer injerto de tejido exitoso. Lo llamaron un genio entonces, suplicaron por su conocimiento. Hasta que volvieron a tener miedo." Se inclinó más cerca de Harrow. "El miedo es el enemigo del progreso, Edmund. Siempre lo ha sido. Esta noche, conquistaré ese miedo para siempre."

"¿Haciendo qué, exactamente?"

Thornfield se enderezó, moviéndose hacia un aparato conectado al cuerpo por un enredo de tubos y cables. "Trayéndolo de vuelta. Dándole vida de nuevo. El Dr. Carstairs caminará y hablará y pensará una vez más, pero en un cuerpo que nunca envejecerá, nunca se debilitará. Y una vez que haya probado que puede hacerse, imagina las posibilidades. Las mentes más grandes de nuestra época nunca necesitarán morir. Su conocimiento puede acumularse a través de los siglos."

"Y te nombraste Dios," dijo Harrow amargamente. "Decidiste quién merece inmortalidad y quién es solo un simple repuesto."

"Alguien debe tomar estas decisiones," respondió Thornfield sin un indicio de remordimiento. "Mejor un hombre de ciencia que la chusma que quemaría cada laboratorio si entendieran la mitad de lo que sucede dentro de ellos."

Dirigió su atención al aparato, ajustando diales y verificando conexiones. La electricidad zumbaba a través de cables, haciendo que el aire supiera a metal y ozono. "Dentro de una hora, respirará de nuevo. Y tú, mi viejo amigo, serás el primero en presenciar el amanecer de una nueva era. Considéralo un privilegio."

"¿Y luego?"

Thornfield lo miró, su expresión calculadora. "Entonces te unirás a mi colección, me temo. Tu cerebro es bastante notable, Edmund. Todos esos años de trabajo detectivesco, de observación y deducción. No debería desperdiciarse solo porque su alojamiento actual está más allá de su mejor momento."

Harrow pensó en la llave de latón, en la palabra moribunda de Sutton. De cómo Thornfield había guiado su investigación desde el principio, asegurándose de que siempre mirara en la dirección equivocada. De veinte años de amistad construidos sobre mentiras.

Y mientras Thornfield volvía a su horrible creación, Harrow redobló sus esfuerzos por liberarse. La trampa lo envolvía, pero aún no había firmado su sentencia.

Y mientras viviera, había esperanza de que la pesadilla aún pudiera ser detenida.

El tiempo pasó con exasperante lentitud mientras Harrow luchaba contra las cuerdas que ataban sus muñecas. Cada movimiento tenía que ser cuidadoso, deliberado, para que Thornfield o su corpulento asistente no notaran sus esfuerzos. El laboratorio zumbaba con actividad mientras el doctor continuaba sus preparativos, moviéndose entre mesas de trabajo con practicada eficiencia.

"Sabes, Edmund," comentó Thornfield con aire casual mientras vertía un líquido viscoso azul en un vaso de precipitados, "en muchos sentidos, este logro es tanto tuyo como mío."

Harrow hizo una pausa en sus esfuerzos. "¿De qué estás hablando?"

"La investigación," explicó Thornfield, sin levantar la vista de su trabajo. "Tu persecución del Destripador. Proporcionó la cobertura perfecta para mi colección de especímenes. Mientras todo Scotland Yard perseguía sombras y pistas falsas—pistas que planté cuidadosamente, debo añadir—yo era libre de continuar mi trabajo."

La revelación dolió más de lo que Harrow había esperado. Pensar que todos estos meses, todas las noches sin dormir y los días interminables dedicados a cazar al asesino, no había sido más que un cómplice involuntario. Una marioneta cuyos hilos Thornfield había tirado con experta precisión.

"¿Por qué decirme esto ahora?" preguntó Harrow, reanudando sus sutiles esfuerzos para liberarse.

Thornfield se encogió de hombros. "Cortesía profesional, quizás. O tal vez simplemente quiero que alguien aprecie la elegancia de todo esto antes del final. No es frecuente que uno pueda compartir los detalles de un crimen perfecto."

"Cinco mujeres asesinadas difícilmente es mi definición de perfección," dijo Harrow amargamente.

"¿Cinco? Oh, Edmund. Tu recuento oficial está tristemente incompleto." Thornfield se volvió para enfrentarlo completamente, algo como orgullo brillando en sus ojos. "Hubo otras. Menos... publicitadas. Especímenes cuyas desapariciones no sonaron alarmas. Los olvidados e ignorados de Londres, cuyas contribuciones a la ciencia nunca serán reconocidas."

Un escalofrío de horror recorrió la columna de Harrow ante la implicación. ¿Cuántos? ¿Cuántas vidas había tomado Thornfield mientras él, Harrow, había estado mirando en la dirección equivocada? ¿Cuántas muertes podría haber prevenido si hubiera visto a través de la fachada de su amigo antes?

Un sutil cambio en la tensión de la cuerda le dijo que estaba progresando. Uno de los nudos había comenzado a ceder, aflojándose lo suficiente para permitirle un poco más de movimiento. Mantuvo su expresión neutral, no queriendo alertar a Thornfield de su progreso.

"¿Y Carstairs?" preguntó, buscando mantener al doctor hablando. "¿Su muerte también fue parte de tu 'crimen perfecto'?"

Algo destelló en el rostro de Thornfield—una vacilación momentánea, la primera grieta en su desapego clínico. "La muerte de Algernon fue... lamentable pero necesaria. Perdió el valor hacia el final, ¿sabes? Comenzó a hablar de destruir su investigación, sobre las implicaciones éticas." Bufó. "Como si la ética tuviera algún lugar en la ciencia revolucionaria."

"Así que lo mataste."

"Liberé su brillante mente de su moral fallida," corrigió Thornfield. "Su cerebro fue mi primera preservación exitosa a largo plazo. La piedra angular sobre la cual se construyó todo mi trabajo posterior."

La cuerda cedió más, lo suficiente para que Harrow pudiera deslizar una mano parcialmente libre. Tendría solo una oportunidad cuando llegara el momento. Tenía que elegirlo perfectamente.

"Y ahora estás intentando colocar ese cerebro preservado en un nuevo cuerpo," dijo Harrow, tratando de entender el alcance completo de la locura de Thornfield. "Un cuerpo construido a partir de partes de tus víctimas."

"Precisamente," confirmó Thornfield, su entusiasmo evidente mientras regresaba al cuerpo en la mesa. "El triunfo definitivo sobre la muerte. El recipiente perfecto para una mente perfecta. Imagínalo, Edmund—un cuerpo que nunca se debilita, nunca envejece. Órganos seleccionados por su fuerza y resiliencia, reemplazados según sea necesario con especímenes frescos."

"¿Y quién decide qué mentes son dignas de esta 'inmortalidad'?" desafió Harrow. "¿Tú?"

Thornfield sonrió tenuemente. "Alguien debe hacer estos juicios. Mejor un hombre de ciencia que las masas supersticiosas."

"Un hombre de ciencia," repitió Harrow. "¿Es así como justificas la carnicería? ¿Cómo duermes por la noche después de cortar mujeres vivas?"

"Duermo bastante profundamente," respondió Thornfield sin un indicio de remordimiento. "Estoy seguro de que estoy avanzando en los límites del ser humano. Dentro de cien años, cuando la muerte misma haya sido conquistada, mis métodos serán olvidados. Solo los resultados importarán."

"Dentro de una hora, volverá a respirar," dijo Thornfield, dirigiéndose al cuerpo en la mesa. "Pero primero, necesito verificar mis notas originales y el diario. Mis anotaciones preliminares están en el estudio, junto con el diario que contiene las fórmulas finales." Se volvió hacia Davis. "Vigílalo," ordenó señalando a Harrow. "No dejes que intente nada."

Davis asintió con una mirada amenazante, mientras Thornfield subía las escaleras hacia el estudio, dejando a Harrow atado en el laboratorio subterráneo con el corpulento asistente.

Chapter 5

The Surgeon's Daughter

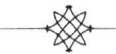

Night had fallen by the time Evelyn Carstairs reached Ashdown Street, her carriage leaving her at the corner before continuing on its way. She had paid the driver handsomely for discretion, though she doubted money would keep him silent if he truly understood what she was involved in. London thrived on gossip, and the daughter of the infamous Dr. Algernon Carstairs visiting his abandoned property would be too juicy a morsel for most to resist.

She pulled her hood closer around her face as she approached the mansion, the weight of the revolver in her coat pocket a cold comfort against the fears that plagued her. Three years she had spent tracking her father's research, following the trail of bodies and whispers that led to this moment. Three years of living with the knowledge of what he had become—and what horrors his work had inspired in others.

The front door was unlocked, which immediately put her on alert. She had expected to need the key she carried, passed down to her after her father's death. Someone was here. Perhaps the inspector her sources had mentioned, the one who had been asking questions about Ashdown Street. Or perhaps someone worse.

Evelyn moved silently through the foyer, her gloved hand gripping the revolver. The house was dark save for a faint glow from the back of the ground floor—the study, if she remembered correctly. She had visited only once as a child, before her father's disgrace, before the whispers began. Before the nightmares.

As she neared the study, she heard voices—no, a single voice, murmuring to itself with the cadence of a prayer or incantation. She recognized the fervor in it. She had heard the same tone from her father in his final days, when fever and mania had consumed his brilliant mind.

"...the final connection... only the last step missing... the formulas from the journal will complete everything..."

Evelyn peered carefully around the doorframe. A man stood with his back to her, hunched over some notes. She didn't recognize him, but his posture spoke of someone deep in concentration, unaware of his surroundings. This must be Dr. Thornfield, the police surgeon her investigations had uncovered. Her father's former student, now apparently his successor in madness.

She could shoot him now, end the horror before it advanced further. But the journal—her father's final diary containing the most dangerous formulas—must be here. She needed it first. She needed to destroy it before Thornfield could complete his monstrous work.

Evelyn was about to step forward when a floorboard creaked beneath her feet. The man spun, surprisingly agile, his hand reaching inside his coat.

"Who's there?" he demanded, his voice sharp with fear and anger.

Evelyn had no choice. She stepped into the light, the revolver aimed steadily at his chest.

"Dr. Thornfield, I presume," she said, her voice calmer than she felt. "Where is it? Where is my father's journal?"

Thornfield stared at her, confusion giving way to a flash of recognition. "My God," he whispered. "You're Carstairs's daughter. Evelyn." He gave a short, incredulous laugh. "You've grown since the university galas. What are you now, twenty-five? Twenty-six?"

"Twenty-seven," she replied coldly. "And I asked you a question. The journal. Where is it?"

Thornfield's gaze flicked to the table beside him, where leather-bound books lay scattered among instruments and papers.

He patted the inner pocket of his coat. "Right here, Inspector Harrow almost took it tonight. I found it three weeks ago hidden in your father's old Kensington residence."

Evelyn's pulse quickened. "Inspector Harrow? He was here? Where is he now?"

"Below," Thornfield said, gesturing vaguely toward the floor. "In my laboratory. Quite safe, for the moment. I have preparations to complete before I can attend to him properly."

The calculated indifference in his tone chilled Evelyn to the bone. "What have you done to him?"

"Nothing, yet. But he has seen too much to be allowed to leave." Thornfield's eyes narrowed. "As have you."

He lunged suddenly, faster than she anticipated, knocking the revolver from her hand. It skittered across the floor as they grappled, his strength surprising for a man his age. Evelyn fought with the desperation of someone who knew what awaited failure — had seen it in her nightmares, in the police reports, in the whispers of women who had escaped the Ripper's blade only by chance.

Thornfield's hands found her throat, squeezing with clinical precision. "Your father would be disappointed," he hissed, his face inches from hers. "He had such hopes for you. Thought you would understand his work someday."

"I understand... perfectly," Evelyn gasped, clawing at his fingers. "He lost... his humanity. Just as you... have."

With her remaining strength, she brought her knee up sharply, connecting with his groin. Thornfield doubled over with a grunt of pain, his grip loosening enough for her to break free. She scrambled for the revolver, snatching it from the floor and backing toward the door.

"Don't move," she warned, the gun once again trained on his chest. "Or I'll finish what should have been done years ago."

Thornfield straightened slowly, pain still evident in his posture. "You won't kill me," he said, his voice strained but confident. "You need me. To understand the research. To find your father's legacy."

"My father's legacy is blood and madness. Nothing more."

"Is that what you tell yourself?" Thornfield laughed, the sound hollow and mocking. "Then why have you spent three years following his trail? Why not let the dead rest?"

Evelyn's hand trembled slightly. "To make sure his work died with him."

"Liar." Thornfield took a step forward, then another, despite the revolver pointed at his heart. "You're curious. You always were. Algernon spoke of how you would watch his surgeries as a child, never flinching, always asking questions. How your mind worked like his. How you were the only one who might truly understand."

"Stay back," Evelyn warned, her finger tightening on the trigger.

"You won't shoot me," Thornfield repeated, now close enough that the gun barrel nearly touched his waistcoat. "Because deep down, you want to see it. Want to know if it's possible. If death can truly be conquered."

For a heartbeat, Evelyn hesitated—and it was enough. Thornfield struck the gun aside again and grabbed her arm, twisting it painfully behind her back. She cried out as he forced her to her knees.

"Davis!" he called sharply. "Davis, come here!"

Heavy footsteps approached from another part of the house. A hulking man appeared in the doorway, his dull eyes taking in the scene without surprise or concern.

"Take her downstairs," Thornfield ordered. "Secure her with the inspector. I'll deal with them both after tonight's work is complete."

The man called Davis hauled Evelyn to her feet with bruising force. She struggled against his iron grip, but it was like fighting a statue.

"You'll never succeed," she spat at Thornfield as Davis dragged her toward the door. "Whatever you're planning, it will fail. Just as my father failed."

Thornfield smiled thinly. "Your father didn't fail, my dear. He simply didn't live to see his triumph." He picked up her fallen revolver, examining it with clinical interest. "But I will complete what he began. And perhaps, if you prove useful, you'll be allowed to witness it before your own contribution to science."

Evelyn's blood ran cold at the implication, but Davis was already pulling her from the room. The last thing she saw was Thornfield pocketing her revolver and returning to his papers, the set of his shoulders suggesting a man on the verge of his life's greatest achievement.

Davis led her through the house to a door that opened onto a narrow staircase leading down into darkness. The smell that rose from below made Evelyn gag—a mixture of chemicals, decay, and something else, something that reminded her of the anatomy theaters at university. The smell of exposed organs and preserved flesh.

The basement laboratory was worse than she had imagined. What had once been a wine cellar had been transformed into a chamber of horrors that would have turned the strongest stomach. Glass containers lined the walls, their contents floating in cloudy liquid. Surgical instruments gleamed under gaslight. An electrical apparatus hummed and sparked in one corner, connected by wires to...

Evelyn couldn't suppress a gasp of horror. On a central table lay a body—no, a construction, a patchwork of parts stitched together with surgical precision. And the face... even after three years, she would recognize that face anywhere.

"Father," she whispered, the word escaping before she could stop it.

A movement in the corner caught her attention. A man sat slumped against the wall, his hands bound behind him, his face bruised but his eyes alert and calculating. He wore the clothes of a gentleman, though they were rumpled and stained.

"Inspector Harrow, I presume," Evelyn said, finding her voice despite the horror surrounding them.

The man nodded slightly. "And you are?"

"My name is Evelyn Carstairs."

Harrow's eyes widened in recognition. "Carstairs? As in—"

"Dr. Algernon Carstairs was my father," she confirmed, even as Davis shoved her roughly to the floor beside the inspector, binding her hands with practiced efficiency. "I've been tracking his research since his death. Trying to prevent... this." She nodded toward the abomination on the table.

"Your father," Harrow said slowly, "is the face on that... thing. But Thornfield said he died three years ago."

"He did." Evelyn twisted her wrists against the rope, testing its strength. "But apparently death is merely an inconvenience to men like Thornfield. And my father."

Davis finished securing her and moved back to his position by the stairs, his expression vacant as he awaited further orders. Evelyn waited until he seemed lost in his own thoughts before turning back to Harrow.

"We don't have much time," she whispered urgently. "Thornfield is preparing for some kind of procedure tonight. Something to do with reanimation."

Harrow nodded grimly. "He's been harvesting organs from victims across Whitechapel. Your father's research laid the groundwork, but Thornfield has taken it further. He believes he can restore life to that... creation. Using your father's preserved brain and a body built from pieces of his victims."

Evelyn closed her eyes briefly, the horror of it washing over her anew. "My father was brilliant once. A surgeon ahead of his time. But he became obsessed with extending human life, with defeating death itself. When conventional medicine rejected his theories, he turned to... darker methods."

"And Thornfield was his student?"

"His protégé. The only one who truly embraced his vision." She glanced toward the stairs. "But even my father would be horrified by what Thornfield has done. There were lines he wouldn't cross, in the beginning at least."

Harrow studied her face carefully. "Why are you here, Miss Carstairs? Why now?"

Evelyn met his gaze directly. "Because three weeks ago, I discovered that Thornfield had found my father's final journal—the one containing his most radical theories. I knew it was only a matter of time before the killing began again. I've been watching, waiting for my chance to destroy his work once and for all."

"And yet you waited while five women died," Harrow said, his voice hardening slightly.

"I tried to warn them," Evelyn replied, pain evident in her voice. "I went to Whitechapel, tried to tell them to leave, to hide. But who listens to a woman's warnings in those streets? And I couldn't go to the police—not with my name, not without proof."

Harrow was silent for a moment, absorbing this. "So what now? If Thornfield succeeds—"

"He won't," Evelyn said firmly. "Not if we stop him." She shifted, turning her back to Harrow. "Can you reach the knot at my wrists? If we work together, perhaps one of us can get free."

Harrow maneuvered awkwardly until his fingers found the ropes binding her. The knots were tight, but not impossible. "How did you know about me?" he asked as he worked, keeping his voice low.

"I have friends at the newspapers. They told me an inspector was asking questions about Ashdown Street, about my father. I had hoped to find you before Thornfield did."

"Well," Harrow said dryly, "you found me."

"Not quite the circumstances I had hoped for."

Their whispered conversation was interrupted by footsteps on the stairs. Thornfield descended into the laboratory, his face flushed with anticipation. He carried Evelyn's revolver casually in one hand and a leather case in the other.

"Ah, family reunion," he remarked, seeing Evelyn and Harrow huddled together. "How touching. I'm sure Dr.

Carstairs would be delighted to see his daughter taking an interest in his work at last."

"This isn't his work," Evelyn retorted. "This is butchery."

"Such a limited perspective." Thornfield set the case down on a workbench and opened it, revealing rows of vials containing amber liquid. "Your father understood the necessity of sacrifice in the pursuit of greatness. He taught me that lesson well."

"He taught you to murder innocent women?" Harrow asked, his voice thick with disgust.

Thornfield selected a vial and held it to the light, examining its contents. "He taught me that convention is the enemy of progress. That sometimes, to advance humanity, individual humans must be expended." He filled a syringe with the amber fluid. "Besides, 'innocent' is a relative term, Inspector. The women served a greater purpose in death than they ever would have in life."

Evelyn felt Harrow's fingers pause on the ropes at her wrist. She knew he was struggling not to react, not to give Thornfield the satisfaction of seeing his anger.

"What is that?" she asked instead, nodding toward the syringe.

"The culmination of your father's research and my own," Thornfield replied, a note of pride in his voice. "A compound derived from electrical stimulation of the pineal gland, combined with certain chemical elements. The key to reanimation."

"It won't work," Evelyn said with more confidence than she felt. "The body rejects foreign tissue. Even if you could restart the heart, the brain would never accept the signals from a composite nervous system."

Thornfield smiled coldly. "Your father's intellect, indeed. But you're working with outdated information, my dear." He approached the table, checking the connections running to the patchwork body. "My formula addresses the rejection issue. The electrical current provides the initial stimulus, but the compound facilitates cellular communication across the... disparate parts."

As he spoke, he moved around the laboratory with the efficiency of someone performing a familiar routine. He adjusted dials on the electrical apparatus, checked fluid levels in the tubes connected to the body, and prepared additional syringes with different colored substances.

"Tonight," he continued, his voice taking on an almost reverent quality, "I will overcome the final barrier. Death itself will yield to science. And you two shall be the first witnesses to a new age of humanity."

"An age built on murder," Harrow said flatly.

Thornfield shrugged. "Revolutions are rarely bloodless, Inspector. But history remembers the visionaries, not their stepping stones."

He turned to Davis, who still stood silently by the stairs. "Prepare the generator. It's time."

As Davis moved to obey, Evelyn felt Harrow's fingers working more urgently at her bonds. One of the knots had loosened, giving them a glimmer of hope. But Thornfield's preparations were nearly complete. The laboratory hummed with electricity, the apparatus clicking and whirring as power built within it.

"In the early days," Thornfield remarked conversationally as he worked, "your father experimented with electrical stimulation alone. He achieved some success — involuntary muscle contractions, even temporary respiratory activity. But the subjects never retained consciousness. Their brains, you see, had already begun to deteriorate."

He moved to the head of the table, gazing down at the face of his former mentor with something like affection. "But he solved that problem before the end. The preservation technique was his final gift to science. Perfect suspension of neural tissue, maintaining the pathways of memory and personality intact."

"And the rest?" Evelyn couldn't help asking, her scientific curiosity warring with her horror. "The other organs?"

"Fresh," Thornfield said simply. "Harvested at the peak of health. Each chosen for specific qualities. Strength. Endurance. Resilience. The perfect vessel for a perfect mind."

The ropes at Evelyn's wrists suddenly gave way, falling slack. She kept her arms positioned to maintain the illusion of captivity, exchanging a quick glance with Harrow. They would have only one chance.

Thornfield seemed oblivious to their silent communication, lost in the grandeur of his moment. He raised his arms theatrically, like a conductor before an orchestra.

"Davis, the main switch. On my count."

The hulking assistant moved to a large lever mounted on the wall.

"Three... two... one... now!"

Davis pulled the lever down with a metallic clang. Electricity surged through the apparatus, blue-white arcs dancing between conductors. The laboratory lights dimmed as power was diverted to Thornfield's machine. The body on the table jerked as current flowed through it, its limbs twitching in grotesque parody of life.

Thornfield rushed forward with the prepared syringe, plunging it directly into where the heart would be. "Come back," he whispered, his face illuminated by the electric glow. "Come back to us, Algernon. Show them what we've accomplished."

For a terrible moment, nothing happened. Then, the chest of the creation rose in a shuddering breath. The fingers twitched. And the eyes—Algernon Carstairs's eyes—fluttered open.

Thornfield's laugh was almost childlike in its delight. "It works! By God, it works!"

Evelyn and Harrow exchanged a horrified glance. The thing on the table lived. Thornfield had done the impossible.

But at what cost?

Capítulo 5

La Hija del Cirujano

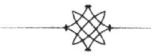

※

La noche había caído cuando Evelyn Carstairs llegó a la Calle Ashdown, su carruaje dejándola en la esquina antes de continuar su camino. Había pagado generosamente al conductor por discreción, aunque dudaba que el dinero lo mantuviera callado si realmente entendiera en qué estaba involucrada. Londres se alimentaba de chismes, y la visita de la hija del infame Dr. Algernon Carstairs a su propiedad abandonada era un escándalo demasiado tentador para la mayoría.

Se acercó la capucha más al rostro mientras se aproximaba a la mansión, el peso del revólver en el bolsillo de su abrigo un frío consuelo contra los temores que la atormentaban. Tres años había pasado rastreando la investigación de su padre, siguiendo el rastro de cuerpos y susurros que la llevaron a este momento. Tres años viviendo con el peso de saber en qué se había convertido… y los horrores que su trabajo había inspirado en otros.

La puerta principal estaba sin llave, lo que inmediatamente la puso en alerta. Había esperado necesitar la llave que llevaba, transmitida a ella después de la muerte de su padre. Alguien estaba aquí. Quizás el inspector que sus fuentes habían mencionado, el que había estado haciendo preguntas sobre la Calle Ashdown. O quizás alguien peor.

Evelyn se movió silenciosamente a través del vestíbulo, su mano enguantada agarrando el revólver. La casa estaba en penumbras, salvo por un débil resplandor en la parte trasera de la planta baja... el estudio, si su memoria no la traicionaba. Solo había estado allí una vez, cuando era niña, antes de la caída de su padre, antes de que comenzaran los susurros. Antes de las pesadillas.

Mientras se acercaba al estudio, escuchó voces—no, una sola voz, murmurando para sí misma con la cadencia de una oración o encantamiento. Reconoció el fervor en ella. Había oído el mismo tono de su padre en sus últimos días, cuando la fiebre y la manía habían consumido su mente brillante.

"...la conexión final... falta solo el último paso... las fórmulas del diario completarán todo..."

Evelyn miró cuidadosamente alrededor del marco de la puerta. Un hombre estaba de espaldas a ella, encorvado sobre unas notas. No lo reconoció, pero su postura hablaba de alguien en profunda concentración, inconsciente de su entorno. Este debía ser el Dr. Thornfield, el médico forense que su investigación había descubierto. El antiguo estudiante de su padre, ahora aparentemente su sucesor en la locura.

Podría dispararle ahora, terminar el horror antes de que avanzara más. Pero el diario final de su padre que contenía las fórmulas más peligrosas—debía estar aquí. Lo necesitaba primero. Necesitaba destruirlo antes de que Thornfield pudiera completar su monstruosa obra.

Evelyn estaba a punto de dar un paso adelante cuando una tabla del suelo crujió bajo sus pies. El hombre giró, sorprendentemente ágil, con la mano buscando dentro de su abrigo.

"¿Quién está ahí?" exigió, su voz afilada con miedo y enojo.

Evelyn no tuvo más remedio. Dio un paso a la luz, el revólver apuntando firmemente a su pecho.

"Dr. Thornfield, supongo," dijo, su voz más calmada de lo que se sentía. "¿Dónde está? ¿Dónde está el diario de mi padre?" Thornfield la miró fijamente, la confusión dando paso a un destello de reconocimiento.

"Dios mío," susurró. "Eres la hija de Carstairs. Evelyn." Dio una breve risa incrédula. "Has crecido desde las galas universitarias.

¿Qué tienes ahora, veinticinco? ¿Veintiséis?"

"Veintisiete," respondió fríamente. "Y te hice una pregunta. El diario. ¿Dónde está?"

La mirada de Thornfield se dirigió a la mesa junto a él, donde libros encuadernados en cuero yacían dispersos entre instrumentos y papeles.

Palmeó el bolsillo interior de su abrigo. "Justo aquí. El inspector Harrow casi se lo lleva esta noche. Lo encontré hace tres semanas escondido en la antigua residencia de su padre en Kensington."

"¿Y el inspector Harrow? ¿Estuvo aquí? ¿Dónde está ahora?"

"Abajo," dijo Thornfield, gesticulando vagamente hacia el suelo. "En mi laboratorio. Bastante seguro, por el momento. Tengo preparativos que completar antes de poder atenderlo apropiadamente." La indiferencia calculada en su tono heló a Evelyn hasta los huesos.

"¿Qué le has hecho?"

"Nada, aún. Pero ha visto demasiado para que se le permita irse." Los ojos de Thornfield se estrecharon. "Como tú."

Se lanzó repentinamente, más rápido de lo que ella anticipó, golpeando el revólver de su mano. Se deslizó por el suelo mientras forcejeaban, la fuerza de él sorprendente para un hombre de su edad. Evelyn luchó con la desesperación de alguien que sabía lo que aguardaba al fracaso—lo había visto en sus pesadillas, en los informes policiales, en los susurros de mujeres que habían escapado de la hoja del Destripador solo por casualidad.

Las manos de Thornfield encontraron su garganta, apretando con precisión clínica. "Tu padre estaría decepcionado," siseó, su rostro a centímetros del de ella. "Tenía tantas esperanzas en ti. Pensaba que entenderías su trabajo algún día."

"Entiendo... perfectamente," jadeó Evelyn, arañando sus dedos. "Él perdió... su humanidad. Igual que tú... lo has hecho."

Reuniendo sus últimas fuerzas, alzó la rodilla con un movimiento brusco, golpeándolo en la entrepierna. Thornfield se desplomó con un gruñido ahogado, su agarre cediendo lo suficiente. Ella no perdió tiempo: se lanzó hacia el revólver, lo aferró con manos temblorosas y retrocedió hacia la puerta.

"No te muevas," advirtió, el arma una vez más apuntando a su pecho. "O terminaré lo que debería haberse hecho hace años."

Thornfield se enderezó lentamente, el dolor aún evidente en su postura. "No me matarás," dijo, su voz tensa pero confiada. "Me necesitas. Para entender la investigación. Para encontrar el legado de tu padre."

"El legado de mi padre es sangre y locura. Nada más."

"¿Es eso lo que te dices a ti misma?" Thornfield rió, el sonido hueco y burlón. "Entonces, ¿por qué has pasado tres años siguiendo su rastro? ¿Por qué no dejar que los muertos descansen?"

La mano de Evelyn tembló ligeramente. "Para asegurarme de que su trabajo muriera con él."

"Mentirosa." Thornfield dio un paso adelante, luego otro, a pesar del revólver apuntando a su corazón. "Eres curiosa. Siempre lo fuiste. Algernon hablaba de cómo observabas sus cirugías cuando eras niña, nunca pestañeando, siempre haciendo preguntas. Cómo tu mente funcionaba como la suya. Cómo eras la única que podría realmente entender."

"Aléjate," advirtió Evelyn, su dedo tensándose en el gatillo.

"No me dispararás," repitió Thornfield, ahora lo suficientemente cerca que el cañón del arma casi tocaba su chaleco. "Porque en el fondo, quieres verlo. Quieres saber si es posible. Si la muerte puede ser verdaderamente conquistada."

Por un instante, Evelyn dudó—y fue suficiente. Thornfield apartó el arma nuevamente y agarró su brazo, retorciéndolo dolorosamente detrás de su espalda. Ella gritó mientras él la forzaba a arrodillarse.

"¡Davis!" llamó agudamente. "¡Davis, ven aquí!"

Pasos pesados se aproximaron desde otra parte de la casa. Un hombre corpulento apareció en la entrada, sus ojos apagados tomando la escena sin sorpresa ni preocupación.

"Llévala abajo," ordenó Thornfield. "Asegúrala con el inspector. Me ocuparé de ambos después de que el trabajo de esta noche esté completo."

El hombre llamado Davis levantó a Evelyn con fuerza magulladora. Ella luchó contra su agarre de hierro, pero era como pelear contra una estatua.

"Nunca tendrás éxito," escupió a Thornfield mientras Davis la arrastraba hacia la puerta. "Lo que sea que estés planeando, fracasará. Igual que fracasó mi padre."

Thornfield sonrió tenuemente. "Tu padre no fracasó, querida. Simplemente no vivió para ver su triunfo." Recogió el revólver caído, examinándolo con interés clínico. "Pero yo completaré lo que él comenzó. Y quizás, si resultas útil, se te permitirá presenciarlo antes de tu propia contribución a la ciencia."

La sangre de Evelyn se heló ante la implicación, pero Davis ya la estaba sacando de la habitación. Lo último que vio fue a Thornfield guardando su revólver y volviendo a sus papeles, la posición de sus hombros sugiriendo a un hombre al borde del mayor logro de su vida.

Davis la condujo a través de la casa hasta una puerta que se abría hacia una estrecha escalera que descendía a la oscuridad. El olor que surgía desde abajo hizo que Evelyn se atragantara — una mezcla de químicos, descomposición y algo más, algo que le recordaba a los teatros de anatomía en la universidad. El olor de órganos expuestos y carne preservada.

El laboratorio del sótano era peor de lo que había imaginado. Lo que una vez había sido una bodega de vinos se había transformado en una cámara de los horrores que habría revolcado el estómago más fuerte. Contenedores de vidrio alineaban las paredes, sus contenidos flotando en líquido turbio. Instrumentos quirúrgicos brillaban bajo la luz de gas. Un aparato eléctrico zumbaba y chispeaba en una esquina, conectado por cables a...

Evelyn no pudo suprimir una exclamación de horror. En una mesa central yacía un cuerpo—no, una construcción, un mosaico de partes cosidas con precisión quirúrgica. Y el rostro... incluso después de tres años, reconocería ese rostro en cualquier lugar.

"Padre," susurró, la palabra escapando antes de que pudiera detenerla.

Un movimiento en la esquina llamó su atención. Un hombre estaba sentado encorvado contra la pared, sus manos atadas detrás de él, su rostro magullado pero sus ojos alerta y calculadores. Vestía ropas de caballero, aunque estaban arrugadas y manchadas.

"Inspector Harrow, supongo," dijo Evelyn, encontrando su voz a pesar del horror que la rodeaba.

El hombre asintió ligeramente. "¿Y usted es?"

"Mi nombre es Evelyn Carstairs."

Los ojos de Harrow se ensancharon en reconocimiento. "¿Carstairs? ¿Como—"

"El Dr. Algernon Carstairs era mi padre," confirmó, incluso mientras Davis la empujaba rudamente al suelo junto al inspector, atando sus manos con eficiencia practicada. "He estado rastreando su investigación desde su muerte. Tratando de prevenir... esto." Asintió hacia la abominación en la mesa.

"Tu padre," dijo Harrow lentamente, "es el rostro en esa... cosa. Pero Thornfield dijo que murió hace tres años."

"Lo hizo." Evelyn retorció sus muñecas contra la cuerda, probando su fuerza. "Pero aparentemente la muerte es meramente un inconveniente para hombres como Thornfield. Y mi padre."

Davis terminó de asegurarla y volvió a su posición junto a las escaleras, su expresión vacante mientras esperaba órdenes adicionales. Evelyn esperó hasta que pareció perdido en sus propios pensamientos antes de volverse hacia Harrow.

"No tenemos mucho tiempo," susurró urgentemente. "Thornfield está preparándose para algún tipo de procedimiento esta noche. Algo relacionado con la reanimación."

Harrow asintió sombríamente. "Ha estado cosechando órganos de víctimas por todo Whitechapel. La investigación de tu padre sentó las bases, pero Thornfield ha ido más allá. Cree que puede restaurar la vida a esa... creación. Usando el cerebro preservado de tu padre y un cuerpo construido a partir de partes de sus víctimas."

Evelyn cerró los ojos brevemente, el horror de ello la invadió de nuevo... "Mi padre fue brillante una vez. Un cirujano adelantado a su tiempo. Pero se obsesionó con extender la vida humana, con derrotar a la muerte misma.

Cuando la medicina convencional rechazó sus teorías, recurrió a... métodos más oscuros."

"¿Y Thornfield era su estudiante?"

"Su protegido. El único que realmente abrazó su visión." Miró hacia las escaleras. "Pero incluso mi padre estaría horrorizado por lo que Thornfield ha hecho. Había líneas que él no cruzaría, al menos al principio."

Harrow estudió su rostro cuidadosamente. "¿Por qué estás aquí, Señorita Carstairs? ¿Por qué ahora?"

Evelyn encontró su mirada directamente. "Porque hace tres semanas, descubrí que Thornfield había encontrado el diario final de mi padre—el que contenía sus teorías más radicales. Supe que era solo cuestión de tiempo antes de que los asesinatos comenzaran de nuevo. He estado observando, esperando mi oportunidad para destruir su trabajo de una vez por todas."

"Y sin embargo esperaste mientras cinco mujeres morían," dijo Harrow, su voz endureciéndose ligeramente.

"Intenté advertirles," respondió Evelyn, el dolor evidente en su voz. "Fui a Whitechapel, intenté decirles que se fueran, que se escondieran. Pero ¿quién escucha las advertencias de una mujer en esas calles? Y no podía ir a la policía—no con mi nombre, no sin pruebas."

Harrow guardó silencio por un momento, absorbiendo esto. "Entonces, ¿qué ahora? Si Thornfield tiene éxito—"

"No lo tendrá," dijo Evelyn firmemente. "No si lo detenemos." Se desplazó, dando la espalda a Harrow. "¿Puedes alcanzar el nudo en mis muñecas? Si trabajamos juntos, quizás uno de nosotros pueda liberarse."

Harrow maniobró torpemente hasta que sus dedos encontraron las cuerdas que la ataban. Los nudos estaban apretados, pero no imposibles. "¿Cómo sabías de mí?" preguntó mientras trabajaba, manteniendo la voz baja.

"Tengo amigos en los periódicos. Me dijeron que un inspector estaba haciendo preguntas sobre la Calle Ashdown, sobre mi padre. Había esperado encontrarte antes de que Thornfield lo hiciera."

"Bueno," dijo Harrow secamente, "me encontraste."

"No exactamente en las circunstancias que esperaba."

Su conversación susurrada fue interrumpida por pasos en las escaleras. Thornfield descendió al laboratorio, su rostro sonrojado de anticipación. Llevaba el revólver de Evelyn casualmente en una mano y un estuche de cuero en la otra.

"Ah, reunión familiar," comentó, viendo a Evelyn y Harrow acurrucados juntos. "Qué conmovedor. Estoy seguro de que el Dr. Carstairs estaría encantado de ver a su hija finalmente tomando interés en su trabajo."

"Esto no es su trabajo," replicó Evelyn. "Esto es una carnicería."

"Una perspectiva tan limitada." Thornfield colocó el estuche en una mesa de trabajo y lo abrió, revelando filas de viales que contenían líquido ámbar. "Tu padre entendía la necesidad del sacrificio en la búsqueda de la grandeza. Me enseñó bien esa lección."

"¿Te enseñó a asesinar mujeres inocentes?" preguntó Harrow, su voz cargada de disgusto.

Thornfield seleccionó un vial y lo sostuvo a contraluz, examinando su contenido. "Me enseñó que la convención es enemiga del progreso. Que a veces, para el avance de la humanidad, algunos individuos deben ser sacrificados." Llenó una jeringa con el fluido ámbar. "Además, 'inocente' es un término relativo, Inspector. Las mujeres sirvieron a un propósito mayor en la muerte de lo que jamás habrían hecho en vida."

Evelyn sintió los dedos de Harrow pausar en las cuerdas en su muñeca. Sabía que él estaba luchando por no reaccionar, por no darle a Thornfield la satisfacción de ver su ira.

"¿Qué es eso?" preguntó en cambio, asintiendo hacia la jeringa.

"La culminación de la investigación de tu padre y la mía," respondió Thornfield, una nota de orgullo en su voz. "Un compuesto derivado de la estimulación eléctrica de la glándula pineal, combinado con ciertos elementos químicos. La clave para la reanimación."

"No funcionará," dijo Evelyn con más confianza de la que sentía. "El cuerpo rechaza tejido extraño. Incluso si pudieras reiniciar el corazón, el cerebro nunca aceptaría las señales de un sistema nervioso compuesto."

Thornfield sonrió fríamente. "El intelecto de tu padre, en efecto. Pero estás trabajando con información desactualizada, querida." Se acercó a la mesa, verificando las conexiones que corrían al cuerpo fragmentado. "Mi fórmula aborda el problema del rechazo. La corriente eléctrica proporciona el estímulo inicial, pero el compuesto facilita la comunicación celular a través de las... partes dispares."

Mientras hablaba, se movía por el laboratorio con la eficiencia de alguien realizando una rutina familiar. Ajustó diales en el aparato eléctrico, verificó niveles de fluido en los tubos conectados al cuerpo, y preparó jeringas adicionales con sustancias de diferentes colores.

"Esta noche," continuó, su voz adquiriendo una cualidad casi reverente, "superaré la barrera final. La muerte misma cederá ante la ciencia. Y vosotros dos seréis los primeros testigos de una nueva era de la humanidad."

"Una era construida sobre asesinato," dijo Harrow rotundamente.

Thornfield se encogió de hombros. "Las revoluciones rara vez carecen de sangre, Inspector. Pero la historia recuerda a los visionarios, no a quienes sirvieron de escalón."

Se volvió hacia Davis, que aún estaba de pie silenciosamente junto a las escaleras. "Prepara el generador. Es la hora."

Mientras Davis se movía para obedecer, Evelyn sintió los dedos de Harrow trabajando más urgentemente en sus ataduras. Uno de los nudos se había aflojado, dándoles un destello de esperanza. Pero los preparativos de Thornfield estaban casi completos. El laboratorio zumbaba con electricidad, el aparato haciendo clic y zumbando mientras la energía se acumulaba en su interior.

"En los primeros días," comentó Thornfield comentó Thornfield con aire casual mientras trabajaba, "tu padre experimentó con estimulación eléctrica solamente. Logró algún éxito—contracciones musculares involuntarias, incluso actividad respiratoria temporal. Pero los sujetos nunca retuvieron la consciencia. Sus cerebros, verás, ya habían comenzado a deteriorarse."

Se movió a la cabecera de la mesa, mirando hacia abajo al rostro de su antiguo mentor con algo parecido al afecto. "Pero él resolvió ese problema antes del final. La técnica de preservación fue su último regalo a la ciencia. Suspensión perfecta del tejido neuronal, manteniendo intactas las vías de memoria y personalidad."

"¿Y el resto?" Evelyn no pudo evitar preguntar, su curiosidad científica luchando con su horror. "¿Los otros órganos?"

"Frescos," dijo Thornfield simplemente. "Cosechados en el pico de la salud. Cada uno elegido por cualidades específicas. Fuerza. Resistencia. Resiliencia. El recipiente perfecto para una mente perfecta."

Las cuerdas en las muñecas de Evelyn cedieron repentinamente, aflojándose. Mantuvo sus brazos posicionados para mantener la ilusión de cautiverio, intercambiando una rápida mirada con Harrow. Tendrían una sola oportunidad.

Thornfield parecía ajeno a su comunicación silenciosa, perdido en la grandeza de su momento. Levantó sus brazos teatralmente, como un director ante una orquesta.

"Davis, el interruptor principal. A mi señal."

El corpulento asistente se movió hacia una gran palanca montada en la pared.

"Tres... dos... uno... ¡ahora!"

Davis bajó la palanca con un estruendo metálico. La electricidad surgió a través del aparato, arcos azul-blancos bailando entre conductores. Las luces del laboratorio se atenuaron mientras la energía era desviada a la máquina de Thornfield. El cuerpo en la mesa se sacudió cuando la corriente fluyó a través de él, sus extremidades crispándose en grotesca parodia de vida.

Thornfield se apresuró hacia adelante con la jeringa preparada, hundiéndola directamente en donde estaría el corazón. "Regresa," susurró, su rostro iluminado por el resplandor eléctrico. "Regresa a nosotros, Algernon. Muéstrales lo que hemos logrado."

Por un terrible momento, nada sucedió. Entonces, el pecho de la creación se elevó en un respiro estremecedor. Los dedos se crisparon. Y los ojos—los ojos de Algernon Carstairs—revolotearon abriéndose.

La risa de Thornfield era casi infantil en su deleite. "¡Funciona! ¡Por Dios, funciona!"

Evelyn y Harrow intercambiaron una mirada horrorizada. La cosa en la mesa vivía. Thornfield había hecho lo imposible.

Pero ¿a qué precio?

Chapter 6

The Final Descent

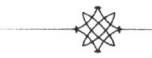

The creature on the table drew another rattling breath, its chest rising and falling with mechanical regularity. The eyes—Evelyn could not think of them as her father's eyes, not anymore—were open but unfocused, staring vacantly at the ceiling. Thornfield leaned over it, his face alight with triumph and fascination.

"Algernon?" he said softly, like a parent to a waking child. "Algernon, can you hear me?"

The creature's lips moved, forming shapes that might have been words, but no sound emerged. Its fingers twitched rhythmically, as if trying to remember how to move.

"The neural connections are still establishing," Thornfield murmured, more to himself than his captive audience. "The electrical pathways need time to strengthen." He reached for another syringe. "This should accelerate the process."

While his attention was diverted, Evelyn caught Harrow's eye and nodded slightly. Her hands were free now, and she had shifted to work on his bonds. It would take only seconds more.

"Look at him, Evelyn," Thornfield said suddenly, gesturing toward the creature. "Your father lives again. His mind preserved, his knowledge intact. Isn't it magnificent?"

Evelyn forced herself to look at the thing on the table—the patchwork of stolen parts that wore her father's face like a mask. Was there anything of him truly left? Could consciousness survive such violation?

"What you've done is an abomination," she said, her voice steady despite the turmoil within. "That isn't my father. It's a puppet made of corpses."

Thornfield's expression hardened. "Always the same narrow thinking. The same fear of the unknown. I expected better from Algernon's daughter." He administered the second injection, his movements precise and practiced. "You'll understand eventually. When you see him speak, think, remember. When you realize what this means for humanity."

On the table, the creature convulsed, its back arching as the new substance entered its bloodstream. A sound emerged from its throat—not quite a word, but more than an animal noise. Something between.

"Ah, progress," Thornfield said, satisfaction evident in his voice. "The vocal cords are responding. Davis, increase the current by ten percent."

As the assistant moved to adjust the controls, Evelyn felt the last of Harrow's bonds give way. They remained still, waiting for the perfect moment to act. Thornfield was armed with her revolver, and Davis, while slow-witted, possessed formidable strength. They would need every advantage.

"You know, Inspector," Thornfield continued conversationally, "your investigation came remarkably close several times. If not for my guidance, you might have discovered me weeks ago. It was almost disappointing how easily led you were."

Harrow's jaw tightened, but he maintained his composure. "And yet here I am. In your laboratory. Witnessing your work firsthand."

"Yes, though not quite as I had planned." Thornfield checked the creature's pulse, nodding with satisfaction. "I had hoped to complete the process in private, to present Algernon fully restored. The first of many, you understand. Once the technique is perfected, the possibilities are endless."

"And the killing?" Harrow asked. "Would that be endless too?"

Thornfield waved a dismissive hand. "Initially, perhaps. But eventually, we would establish a system. Volunteers, perhaps, or the terminally ill. Those willing to contribute their stronger parts for the greater good."

"You're delusional," Evelyn said flatly.

"Visionary," Thornfield corrected. "There's often little difference in the moment. History will decide which."

On the table, the creature's movements became more coordinated. Its head turned slightly, the eyes beginning to focus. It saw Thornfield first, recognition flickering across the features that had once belonged to Algernon Carstairs.

"Emmett," it rasped, the voice like sandpaper on stone. "Emmett... what... how..."

Thornfield's face lit with ecstatic joy. "It worked! Algernon, you've returned! You remember me!"

"Remember..." The creature's gaze shifted, scanning the laboratory until it found Evelyn. Something changed in its expression — recognition, confusion, horror. "Evelyn? My... daughter?"

Despite herself, Evelyn felt a chill run through her. The thing knew her. Somewhere within that monstrous construction, some fragment of her father's consciousness remained.

"What... have you done?" the creature asked, its voice growing stronger with each word. "What... am I?"

Thornfield beamed, oblivious to the dawning comprehension in his creation's eyes. "You're immortal, Algernon. Death could not hold you. Together, we've conquered the final frontier of medicine."

The creature looked down at its body — at the mismatched skin tones, the surgical scars, the evidence of what it had become. Its face contorted in an expression of pure horror.

"No," it whispered. "No. This... wrong. This is... wrong."

Thornfield's smile faltered. "You're disoriented. Confused. It will pass. Soon you'll understand the magnitude of what we've achieved."

"Killed," the creature said, its voice rising. "You killed. For this." Its gaze returned to Evelyn, anguish evident in eyes that were hauntingly familiar. "I never wanted... this. Never."

"Of course you did," Thornfield insisted, his voice taking on an edge of desperation. "It was your research, your vision. I simply completed it."

"No!" The creature's cry echoed through the laboratory, raw with grief and rage. With surprising strength, it grabbed Thornfield's wrist. "Monster. You're the... monster. Not me."

Thornfield struggled to free himself, panic replacing triumph. "Davis! Restrain him!"

The assistant lumbered forward, but Harrow chose that moment to act. Freed from his bonds, he launched himself at Davis, tackling the larger man to the ground. They struggled, Harrow's technique contending with Davis's brute strength.

Evelyn moved simultaneously, lunging for Thornfield. The doctor managed to free himself from the creature's grip and reached for the revolver tucked in his waistcoat. Evelyn crashed into him, sending them both sprawling across the laboratory floor. The gun clattered away, spinning beneath a workbench.

"Stop!" Thornfield shouted, his composure finally cracking. "You'll ruin everything! Years of work!"

On the table, the creature was trying to rise, its movements awkward as it commanded unfamiliar limbs. Tubes and wires tore free as it struggled upright, sending fluids spraying across the laboratory.

Harrow had gained the upper hand with Davis, delivering a precise blow to the temple that left the assistant dazed. He scrambled to his feet, searching for the revolver.

Thornfield, seeing his creation escaping and his plans unraveling, abandoned his struggle with Evelyn and lunged for a nearby scalpel. "If I can't have my triumph," he snarled, all pretense of scientific detachment gone, "then no one shall!"

He rushed toward the creature, blade raised. But Evelyn was faster. She grabbed a heavy brass lamp from the workbench and brought it down on Thornfield's back. He stumbled, the scalpel skittering from his hand.

"Harrow!" Evelyn shouted. "The gun!"

The inspector had located the revolver and snatched it from beneath the bench. He rose, weapon trained on Thornfield. "Don't move, Doctor. It's over."

Thornfield froze, his face a mask of rage and disbelief. "You fools," he spat. "You've no idea what you're destroying. The future of humanity itself!"

"A future built on murder," Harrow said coldly. "No, Thornfield. It ends here."

The creature had managed to sit upright, its mismatched legs hanging over the edge of the table. It regarded the scene before it with eyes that held terrible understanding.

"Evelyn," it said, its voice steadier now. "Daughter."

Evelyn approached cautiously, unable to reconcile the monster's appearance with the voice that sounded so much like her father's. "Are you... is there anything of him truly left?"

The creature nodded slowly. "Thoughts. Memories. But fading. This body... rejects the mind. Cannot last." It reached for her hand with patchwork fingers. "I'm sorry. For everything. The research... it consumed me. Blinded me. Never saw where it would lead."

Tears welled in Evelyn's eyes despite her determination to remain detached. "I tried to destroy it all. After you died. Burned your papers, your notes. But Thornfield had already taken them."

"Not your fault," the creature assured her. "My sin. My legacy." It turned its gaze to Thornfield, who stood rigid under Harrow's aim. "And his choice. To twist it. To kill."

Thornfield sneered. "You lost your nerve, Algernon. At the end. Became weak. Afraid of your own genius."

"No," the creature countered. "Found my conscience. Too late." It shuddered, a spasm running through its patchwork form. "Evelyn... there's more. Beneath the house. Lower level. Others. Experiments. Failed ones. Still... alive. Sort of."

Harrow glanced at Evelyn, alarm evident in his expression. "What is he talking about?"

"The catacombs," she whispered, horrified understanding dawning. "This house was built over part of the old city catacombs. My father mentioned them in his journals."

The creature nodded, pain contorting its features. "He keeps them... below. Earlier attempts. Need... release. Peace."

Thornfield laughed, a hollow sound devoid of humor. "They're scientific specimens. Valuable data. The failures that led to success."

"They're people," Harrow said, disgust evident in his voice. "Or they were."

"Show us," Evelyn said to the creature. "If you can."

It nodded, attempting to stand. Its legs trembled beneath it, unused to bearing weight. Evelyn moved to support it, forcing herself to touch the cold, mismatched flesh that housed what remained of her father's consciousness.

"Inspector," she said, "watch him carefully. He's more dangerous than he appears."

Harrow nodded, keeping the revolver trained on Thornfield as Evelyn helped the creature toward a heavy door set in the far wall of the laboratory. It was sealed with an iron bar and a heavy padlock.

"Key," the creature rasped, pointing at Thornfield. "In his pocket."

Harrow approached the doctor cautiously. "The key, Thornfield. Now."

For a moment, it seemed Thornfield might refuse. Then, with deliberate slowness, he reached into his waistcoat pocket and withdrew a large iron key. He held it out, his expression unreadable.

"You have no idea what you're about to see," he said quietly. "What you're about to unleash."

Harrow took the key with his free hand, never lowering the revolver. "Evelyn," he called, "catch." He tossed her the key, which she caught deftly.

With trembling hands, she unlocked the padlock and lifted the iron bar. The door groaned as she pulled it open, revealing a dark passageway leading downward. The stench that rose from below was indescribable—decay and chemicals and human waste, layered with something else, something that raised the hairs on the back of her neck.

"We need a light," she said.

The creature pointed to a lantern hanging near the door. "There."

Harrow nodded to Evelyn, who retrieved it and lit the wick. The warm glow provided little comfort as they stood at the threshold of something worse than any of them could have imagined.

"What about him?" Evelyn asked, gesturing to Davis, who was beginning to stir.

"Bind him," Harrow instructed. "There's rope on the floor where we were held."

Once Davis was secured, they faced the final descent. Harrow kept Thornfield at gunpoint, forcing him to lead the way. Evelyn followed with the lantern, supporting the creature that wore her father's face.

The stairs were ancient, worn smooth by centuries of use and disuse. They descended in a spiral, the air growing colder and damper with each step. Water trickled down the stone walls, and the smell intensified until Evelyn was breathing through her mouth to avoid retching.

"How far down does this go?" Harrow asked, his voice echoing in the narrow passage.

"Far enough that no one would hear them," Thornfield replied bitterly.

Finally, the stairs ended at another iron door, this one secured with multiple locks. Thornfield produced another key from around his neck, his hands steady despite his predicament.

"Last chance to turn back," he said, something like concern flashing across his features. "What's beyond is not for the faint of heart."

"Open it," Harrow commanded.

Thornfield shrugged and unlocked the door, pushing it open onto absolute darkness. Evelyn raised the lantern, and the light revealed a nightmare.

The catacombs stretched before them, ancient tunnels expanded and modified for Thornfield's purposes. Stone niches originally meant for corpses now housed the living—or something approximating life. Faces turned toward the light, eyes blinking in the sudden brightness. Moans and whimpers rose from the darkness.

"My God," Harrow breathed.

Evelyn couldn't speak. The lantern's glow revealed figures in various states between life and death—failed experiments in reanimation, partial transplants, bodies missing limbs or organs, replaced with mechanical contrivances or simply left emptier than before. Some were strapped to tables, others confined to cages. All wore expressions of unimaginable suffering.

"My preliminary work," Thornfield said with detached clinical pride. "Each failure taught me something new. Brought me closer to success."

The creature that had been Algernon Carstairs made a sound of pure anguish. "My fault," it moaned. "All my fault. My theories. My ambition."

Evelyn fought back bile rising in her throat. "How many?" she demanded, turning to Thornfield. "How many people have you imprisoned down here?"

Thornfield considered the question, as if counting in his head. "Fourteen viable specimens remain. Many others didn't survive the initial procedures, of course."

"Fourteen people," Harrow corrected, his voice hard with controlled rage. "Fourteen victims of your 'science.'"

"They were dying anyway," Thornfield countered. "Destitute. Diseased. I offered them purpose."

"You offered them endless torture," Evelyn said. "This ends now. All of it."

Thornfield's expression changed, a sudden calculation entering his eyes. "And how do you propose to end it, Miss Carstairs? Will you kill them all? Put them out of their misery? Become the very thing you despise?"

Evelyn faltered, the horrible logic of his question striking home. What could be done for these poor souls, trapped between life and death? What mercy could there be?

The creature squeezed her arm with surprising strength. "Release them," it said. "Then destroy this place. All of it. The research. The equipment. Burn it to ash."

"Destroy decades of scientific advancement?" Thornfield protested. "You're no better than the church burning Galileo's work!"

"Galileo didn't murder people," Harrow pointed out coldly.

As they argued, one of the figures in the catacombs had drawn closer—a woman, or what remained of one. Her movements were awkward, jerky, one arm missing entirely and replaced with a mechanical apparatus that clicked and whirred with each motion. But her eyes were alert, aware, watching Thornfield with undisguised hatred.

"Mary," the doctor said, noticing her approach. "My most successful subject before Algernon. Remarkable neural retention. She remembers almost everything from before."

The woman named Mary lunged suddenly, with surprising speed for her damaged form. Her mechanical arm swung in a vicious arc, catching Thornfield across the face. He stumbled backward with a cry of pain and surprise, blood streaming from a gash on his cheek.

"They're remembering," he gasped, scrambling away from Mary as other figures began to stir in the darkness. "The longer they exist in this state, the more their minds reassert control over the foreign components. I haven't perfected the submission formula yet."

Mary made a sound—not quite words, but a guttural cry of rage and pain that echoed through the catacombs. Other voices joined hers, a chorus of anguish rising from the shadows.

"We need to free them," Evelyn said, moving toward the nearest restraints.

Harrow hesitated, the revolver still trained on Thornfield. "And then what? They can't return to society like this. They can't live normal lives."

"No," the creature that had been her father agreed. "But they deserve... choice. Freedom. Death, if they wish it."

Thornfield took advantage of the momentary distraction to lunge at Harrow, grappling for the revolver. They struggled, their shadows dancing grotesquely on the catacomb walls in the lantern light. The gun discharged with a deafening report, the bullet ricocheting off stone.

The sound galvanized the imprisoned experiments. Those who could move began pulling at their restraints with renewed vigor. Mary had already freed herself and was now helping others, her mechanical arm tearing through straps and chains with inhuman strength.

Evelyn moved to help Harrow, but the creature stopped her with a gentle touch. "No," it said. "Free them. All of them. I will... handle Thornfield."

She hesitated, seeing something in its face—her father's face—that gave her pause. "What are you going to do?"

"What should have been done... years ago," it replied, its voice strengthening with resolve. "End this. Permanently."

The creature moved with surprising grace toward where Harrow and Thornfield still struggled. With strength born of desperation and components harvested from the strongest of Thornfield's victims, it pulled the doctor away from Harrow, lifting him bodily from the ground.

"Algernon, wait!" Thornfield cried, genuine fear in his voice for the first time. "Think what you're doing! We succeeded! We conquered death itself!"

"No," the creature said, its voice terrible in its clarity. "We became death. Worse than death."

Harrow recovered the revolver, pointing it uncertainly between Thornfield and the creature. "Put him down," he ordered. "He'll face justice. A trial."

The creature shook its head sadly. "No trial can undo this suffering. No justice for these... victims." It began carrying the struggling Thornfield deeper into the catacombs, toward where the ancient tunnels continued beyond Thornfield's laboratory. "Evelyn. Harrow. Free them. Then leave. Quickly."

"Father," Evelyn called, the word escaping before she could stop it. "What are you going to do?"

The creature paused, looking back at her with eyes that held a flicker of the man she had once known. "The right thing. At last." It nodded toward a wooden cabinet near the entrance. "Chemicals there. Flammable. Very flammable. After you leave... destroy this place. All of it."

Thornfield's struggles increased as understanding dawned. "No! You can't! My research! My life's work!"

"Our abomination," the creature corrected, continuing to carry him into the darkness. "Our sin to end."

Evelyn understood then. "We need to hurry," she told Harrow, already moving to release the nearest prisoner. "Help me free them all."

Together, they worked quickly, releasing the victims from their restraints while Mary and the other mobile experiments helped those who couldn't walk. Some were too far gone, their minds shattered by what had been done to them. Others retained enough awareness to understand they were being freed, their eyes showing gratitude through their pain.

"What did he mean about the chemicals?" Harrow asked as they guided the last of the victims toward the stairs.

Evelyn glanced at the cabinet the creature had indicated. "Thornfield's laboratory would contain numerous volatile substances. Ether, alcohol, phosphorus. Combined correctly..."

"They could cause an explosion," Harrow finished. "Destroy everything."

"Yes," she confirmed quietly. "And everyone remaining inside."

Harrow's expression was grim. "He's planning to sacrifice himself. To end Thornfield and all of this."

"He's trying to atone," Evelyn said, her voice breaking slightly. "Too late, but still."

They had reached the stairs now, the procession of broken bodies slowly ascending toward the laboratory above. Evelyn paused at the threshold, looking back into the darkness where her father's creation had disappeared with Thornfield.

"We should go," Harrow said gently, touching her arm. "Honor his choice."

Evelyn nodded, tears streaming down her face. "Goodbye, Father," she whispered. Then, to Harrow: "Let's get them out."

They guided the victims through the laboratory and up to the main house, a grim parade of Thornfield's atrocities emerging into the world that had forgotten them. Davis was still bound where they had left him, his eyes widening in horror at the procession that filed past.

"What about him?" Evelyn asked, gesturing to the assistant.

Harrow considered briefly. "He followed orders, but I doubt he fully understood what he was participating in. The courts will have to decide his fate." He hauled Davis to his feet. "Come on. You're going to help these people get to safety."

Outside, the night air felt impossibly fresh after the stench of the laboratory and catacombs. The moon had risen, casting silver light on the street where Thornfield's victims stood or sat, many seeing the sky for the first time in months or years.

"What happens to them now?" Evelyn asked quietly.

"I don't know," Harrow admitted. "Some may choose death over continuing in their current state. Others might find a way to live. But it will be their choice, not Thornfield's."

Mary approached them, her mechanical arm glinting in the moonlight. She made a series of sounds, struggling to form words with a throat that had been altered for Thornfield's experiments.

"Than... you," she finally managed, the words barely recognizable but the meaning clear.

Evelyn touched her remaining human hand gently. "I'm sorry," she said. "For what was done to you. For what my father's work became."

Mary squeezed her fingers in response, a gesture of understanding that needed no words.

"We need to move further away," Harrow said, looking back at the house. "If there's going to be an explosion..."

They herded the group to the end of the street, finding shelter in the shadow of a warehouse. Harrow organized them as best he could, instructing Davis to help the less mobile victims find comfortable positions.

"How long do you think—" Evelyn began, but her question was answered before she could complete it.

A deep rumble came from within the house, followed by the sound of shattering glass. Flames erupted from the basement windows, spreading rapidly through the dry, aged structure. Within minutes, the entire mansion was engulfed, orange light illuminating the night sky as years of horror were consumed in cleansing fire.

Evelyn watched silently, tears streaming down her face. She thought of her father—not the creature that had worn his face, but the man he had been before ambition corrupted him. The surgeon who had once saved lives. The father who had taught her to question, to learn, to seek knowledge. Somewhere along the way, he had lost himself to obsession. But in his final incarnation, he had found redemption of a sort.

"It's over," Harrow said quietly, standing beside her as the house collapsed in on itself, sending sparks spiraling into the night sky. "The Ripper's reign of terror ends tonight."

"But at what cost?" Evelyn asked, watching the flames dance over what remained of her family's legacy. "How many lives destroyed? How much suffering?"

Harrow had no answer for that. Instead, he placed a gentle hand on her shoulder. "We should go. The fire will attract attention. These people need medical care—what can be provided, at least—and I need to report... something of what happened here tonight."

"Not everything," Evelyn said quickly. "The world isn't ready for the truth. It would only inspire others to continue where Thornfield left off."

Harrow nodded slowly. "Some truths are too dangerous. The official report will say that Jack the Ripper died in a fire while resisting arrest. The details will remain sealed." He looked at the group of victims huddled together. "For their sake as much as anything."

"And what of my father's research?" Evelyn asked. "The journals, the notes that survived?"

"Destroyed," Harrow said firmly. "All of it. Some knowledge is too costly."

As they began guiding the victims toward help, Evelyn took one last look at the burning ruins of Ashdown Street. The place where science had crossed into madness, where the line between life and death had been blurred beyond recognition. The flames were consuming it all now, erasing the evidence of what human ambition could become when unchecked by conscience.

But she knew the fire could not erase the memory. That burden would be hers to carry.

She turned away and followed Harrow into the night, leaving the phantom's domain to ashes.

Capítulo 6

El Descenso Final

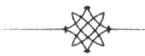

La criatura en la mesa tomó otro respiró entrecortado, su pecho elevándose y cayendo con regularidad mecánica. Los ojos—Evelyn no podía pensar en ellos como los ojos de su padre, ya no—estaban abiertos pero desenfocados, mirando vacantemente al techo. Thornfield se inclinó sobre ella, su rostro iluminado con triunfo y fascinación.

"¿Algernon?" dijo suavemente, como un padre a un niño que despierta. "¿Algernon, puedes oírme?"

Los labios de la criatura se movieron, formando formas que podrían haber sido palabras, pero no emergió sonido. Sus dedos se crisparon rítmicamente, como intentando recordar cómo moverse.

"Las conexiones neuronales todavía se están estableciendo," murmuró Thornfield, más para sí mismo que para su audiencia cautiva. "Las vías eléctricas necesitan tiempo para fortalecerse." Alcanzó otra jeringa. "Esto debería acelerar el proceso."

Mientras su atención estaba desviada, Evelyn captó la mirada de Harrow y asintió ligeramente. Sus manos estaban libres ahora, y se había desplazado para trabajar en las ataduras de él. Tomaría solo unos segundos más.

"Míralo, Evelyn," dijo Thornfield repentinamente, gesticulando hacia la criatura. "Tu padre vive de nuevo. Su mente preservada, su conocimiento intacto. ¿No es magnífico?"

Evelyn se forzó a mirar la cosa en la mesa—el mosaico de partes robadas que llevaba el rostro de su padre como una máscara. ¿Quedaba algo de él realmente? ¿Podría la consciencia sobrevivir tal violación?

"Lo que has hecho es una abominación," dijo ella, su voz firme a pesar del tumulto interior. "Eso no es mi padre. Es un títere hecho de cadáveres."

La expresión de Thornfield se endureció. "Siempre el mismo pensamiento estrecho. El mismo miedo a lo desconocido. Esperaba más de la hija de Algernon." Administró la segunda inyección, sus movimientos precisos y practicados. "Entenderás eventualmente. Cuando lo veas hablar, pensar, recordar. Cuando te des cuenta de lo que esto significa para la humanidad."

En la mesa, la criatura convulsionó, su espalda arqueándose mientras la nueva sustancia entraba en su torrente sanguíneo. Un sonido emergió de su garganta— no exactamente una palabra, pero más que un ruido animal. Algo intermedio.

"Ah, progreso," dijo Thornfield, la satisfacción evidente en su voz. "Las cuerdas vocales están respondiendo. Davis, incrementa la corriente un diez por ciento."

Mientras el asistente se movía para ajustar los controles, Evelyn sintió que la última de las ataduras de Harrow cedía. Permanecieron quietos, esperando el momento perfecto para actuar. Thornfield estaba armado con su revólver, y Davis, aunque de mente lenta, poseía una fuerza formidable. Necesitarían cada ventaja.

"Sabe, Inspector," continuó Thornfield con aire casual, "su investigación estuvo notablemente cerca varias veces. De no ser por mi guía, podría haberme descubierto hace semanas. Fue casi decepcionante lo fácilmente que se dejó conducir."

La mandíbula de Harrow se tensó, pero mantuvo su compostura. "Y, sin embargo, aquí estoy. En su laboratorio. Presenciando su trabajo de primera mano."

"Sí, aunque no precisamente como había planeado." Thornfield revisó el pulso de la criatura, asintiendo con satisfacción. "Había esperado completar el proceso en privado, presentar a Algernon completamente restaurado. El primero de muchos, entiende. Una vez que la técnica sea perfeccionada, las posibilidades son infinitas."

"¿Y los asesinatos?" preguntó Harrow. "¿También serían infinitos?"

Thornfield agitó una mano desdeñosa. "Inicialmente, quizás. Pero eventualmente, estableceríamos un sistema. Voluntarios, tal vez, o los enfermos terminales. Aquellos dispuestos a contribuir con sus partes más fuertes para el bien mayor."

"Estás delirando," dijo Evelyn rotundamente.

"Visionario," corrigió Thornfield. "A menudo hay poca diferencia en el momento. La historia decidirá cuál."

En la mesa, los movimientos de la criatura se volvieron más coordinados. Su cabeza giró ligeramente, los ojos comenzando a enfocarse. Vio a Thornfield primero, el reconocimiento titilando a través de las facciones que una vez pertenecieron a Algernon Carstairs.

"Emmett," graznó, la voz como papel de lija sobre piedra. "Emmett... qué... cómo..."

El rostro de Thornfield se iluminó con alegría extática. "¡Funcionó! ¡Algernon, has regresado! ¡Me recuerdas!"

"Recordar..." La mirada de la criatura se desplazó, escaneando el laboratorio hasta encontrar a Evelyn. Algo cambió en su expresión—reconocimiento, confusión, horror. "¿Evelyn? ¿Mi... hija?"

A pesar de sí misma, Evelyn sintió un escalofrío recorrerla. La cosa la conocía. En algún lugar dentro de esa monstruosa construcción, algún fragmento de la consciencia de su padre permanecía.

"¿Qué... has hecho?" preguntó la criatura, su voz fortaleciéndose con cada palabra. "¿Qué... soy?"

Thornfield sonrió radiante, ajeno a la comprensión que amanecía en los ojos de su creación. "Eres inmortal, Algernon. La muerte no pudo retenerte. Juntos, hemos conquistado la frontera final de la medicina."

La criatura miró hacia su cuerpo—a los tonos de piel desiguales, las cicatrices quirúrgicas, la evidencia de lo que se había convertido. Su rostro se contorsionó en una expresión de puro horror.

"No," susurró. "No. Esto... incorrecto. Esto es... incorrecto."

La sonrisa de Thornfield vaciló. "Estás desorientado. Confundido. Pasará. Pronto entenderás la magnitud de lo que hemos logrado."

"Mataste," dijo la criatura, su voz elevándose. "Tú mataste. Por esto." Su mirada volvió a Evelyn, la angustia evidente en ojos que eran inquietantemente familiares. "Nunca quise... esto. Nunca."

"Por supuesto que sí," insistió Thornfield, su voz adquiriendo un borde de desesperación. "Era tu investigación, tu visión. Simplemente la completé."

"¡No!" El grito de la criatura resonó por el laboratorio, crudo con dolor y rabia. Con sorprendente fuerza, agarró la muñeca de Thornfield. "Monstruo. Tú eres... el monstruo. No yo."

Thornfield luchó por liberarse, el pánico reemplazando al triunfo. "¡Davis! ¡Restríngelo!"

El asistente avanzó pesadamente, pero Harrow eligió ese momento para actuar. Liberado de sus ataduras, se lanzó contra Davis, derribando al hombre más grande al suelo. Lucharon, la técnica de Harrow contendiendo con la fuerza bruta de Davis.

Evelyn se movió simultáneamente, lanzándose contra Thornfield. El doctor logró liberarse del agarre de la criatura y alcanzó el revólver guardado en su chaleco. Evelyn chocó contra él, enviándolos a ambos desparramados por el suelo del laboratorio. El arma repiqueteó lejos, girando bajo una mesa de trabajo.

"¡Deténganse!" gritó Thornfield, su compostura finalmente quebrándose. "¡Lo arruinarán todo! ¡Años de trabajo!"

En la mesa, la criatura estaba intentando levantarse, moviéndose con torpeza mientras trataba de dominar extremidades que no reconocía. Tubos y cables se arrancaron mientras luchaba por enderezarse, esparciendo fluidos por todo el laboratorio.

Harrow había ganado ventaja sobre Davis, propinando un golpe preciso en la sien que dejó al asistente aturdido. Se apresuró a ponerse de pie, buscando el revólver.

Thornfield, viendo a su creación escapándose y sus planes desmoronándose, abandonó su lucha con Evelyn y se lanzó hacia un bisturí cercano. "Si no puedo tener mi triunfo," gruñó, toda pretensión de desapego científico desaparecida, "¡entonces nadie lo tendrá!"

Se precipitó hacia la criatura, con la hoja levantada. Pero Evelyn fue más rápida. Agarró una pesada lámpara de latón de la mesa de trabajo y la descargó sobre la espalda de Thornfield. Él tropezó, el bisturí deslizándose de su mano.

"¡Harrow!" gritó Evelyn. "¡El arma!"

El inspector había localizado el revólver y lo arrebató de debajo de la mesa. Se levantó, el arma apuntando a Thornfield. "No se mueva, Doctor. Se acabó."

Thornfield se congeló, su rostro una máscara de rabia e incredulidad. "Insensatos," escupió. "No tienen idea de lo que están destruyendo. ¡El futuro de la humanidad misma!"

"Un futuro construido sobre asesinatos," dijo Harrow fríamente. "No, Thornfield. Termina aquí."

La criatura había logrado sentarse, sus piernas desiguales colgando sobre el borde de la mesa. Contemplaba la escena ante ella con ojos que contenían un terrible entendimiento.

"Evelyn," dijo, su voz más firme ahora. "Hija."

Evelyn se acercó cautelosamente, incapaz de reconciliar la apariencia monstruosa con la voz que sonaba tanto como la de su padre. "¿Eres... queda algo de él realmente?"

La criatura asintió lentamente. "Pensamientos. Recuerdos. Pero desvaneciéndose. Este cuerpo... rechaza la mente. No puede durar." Extendió su mano hacia ella con dedos desiguales. "Lo siento. Por todo. La investigación... me consumió. Me cegó. Nunca vi a dónde conduciría."

Lágrimas se acumularon en los ojos de Evelyn a pesar de su determinación de mantenerse desapegada. "Intenté destruirlo todo. Después de que moriste. Quemé tus papeles, tus notas. Pero Thornfield ya se los había llevado."

"No es tu culpa," le aseguró la criatura. "Mi pecado. Mi legado." Dirigió su mirada hacia Thornfield, quien permanecía rígido bajo el arma de Harrow. "Y su elección. Corromperlo. Matar."

Thornfield se burló. "Perdiste el valor, Algernon. Al final. Te volviste débil. Temeroso de tu propio genio."

"No," contrarrestó la criatura. "Encontré mi conciencia. Demasiado tarde." Se estremeció, un espasmo recorriendo su forma fragmentada. "Evelyn... hay más. Bajo la casa. Nivel inferior. Otros. Experimentos. Fallidos. Todavía... vivos. De algún modo."

Harrow miró a Evelyn, la alarma evidente en su expresión. "¿De qué está hablando?"

"Las catacumbas," susurró ella, el entendimiento horrorizado amaneciendo. "Esta casa fue construida sobre parte de las antiguas catacumbas de la ciudad. Mi padre las mencionó en sus diarios."

La criatura asintió, el dolor contorsionando sus facciones. "Los mantiene... abajo. Intentos anteriores. Necesitan... liberación. Paz."

Thornfield rió, un sonido hueco desprovisto de humor. "Son especímenes científicos. Datos valiosos. Los fracasos que condujeron al éxito."

"Son personas," dijo Harrow, el disgusto evidente en su voz. "O lo eran."

"Muéstranos," dijo Evelyn a la criatura. "Si puedes."

Asintió, intentando ponerse de pie. Sus piernas temblaban bajo su peso, desacostumbradas a soportar peso. Evelyn se movió para sostenerla, forzándose a tocar la carne fría y desigual que albergaba lo que quedaba de la consciencia de su padre.

"Inspector," dijo, "vigílelo cuidadosamente. Es más peligroso de lo que parece."

Harrow asintió, manteniendo el revólver apuntando a Thornfield mientras Evelyn ayudaba a la criatura hacia una pesada puerta ubicada en la pared lejana del laboratorio. Estaba sellada con una barra de hierro y un grueso candado.

"Llave," graznó la criatura, señalando a Thornfield. "En su bolsillo."

Harrow se acercó al doctor cautelosamente. "La llave, Thornfield. Ahora."

Por un momento, pareció que Thornfield podría negarse. Luego, con deliberada lentitud, metió la mano en el bolsillo de su chaleco y sacó una gran llave de hierro. La extendió, su expresión ilegible.

"No tienen idea de lo que están a punto de ver," dijo en voz baja. "Lo que están a punto de desatar."

Harrow tomó la llave con su mano libre, sin bajar nunca el revólver. "Evelyn," llamó, "atrapa." Le lanzó la llave, que ella atrapó hábilmente.

Con manos temblorosas, desbloqueó el candado y levantó la barra de hierro. La puerta gimió mientras la abría, revelando un oscuro pasadizo que descendía. El hedor que subía desde abajo era indescriptible—descomposición y químicos y desechos humanos, mezclados con algo más, algo que erizaba los pelos en la nuca.

"Necesitamos una luz," dijo.

La criatura señaló a una lámpara colgada cerca de la puerta. "Allí."

Harrow asintió a Evelyn, quien la recuperó y encendió la mecha. El cálido resplandor proporcionó poco consuelo mientras permanecían en el umbral de algo peor de lo que cualquiera de ellos podría haber imaginado.

"¿Qué hacemos con él?" preguntó Evelyn, gesticulando hacia Davis, que empezaba a moverse.

"Átalo," instruyó Harrow. "Hay cuerda en el suelo donde nos tenían."

Una vez que Davis estuvo asegurado, enfrentaron el descenso final. Harrow mantuvo a Thornfield a punta de pistola, forzándolo a liderar el camino. Evelyn lo siguió con la lámpara, apoyando a la criatura que llevaba el rostro de su padre.

Las escaleras eran antiguas, desgastadas hasta ser suaves por siglos de uso y desuso. Descendían en espiral, el aire volviéndose más frío y húmedo con cada paso. El agua goteaba por las paredes de piedra, y el olor se intensificaba hasta que Evelyn respiraba por la boca para evitar arcadas.

"¿Hasta dónde baja esto?" preguntó Harrow, su voz haciendo eco en el estrecho pasaje.

"Lo suficientemente lejos para que nadie los escuchara," respondió Thornfield amargamente.

Finalmente, las escaleras terminaron en otra puerta de hierro, ésta asegurada con múltiples cerraduras. Thornfield sacó otra llave de alrededor de su cuello, sus manos firmes a pesar de su predicamento.

"Última oportunidad para volver atrás," dijo, algo como preocupación destellando en sus facciones. "Lo que está más allá no es para los débiles de corazón."

"Ábrela," ordenó Harrow.

Thornfield se encogió de hombros y desbloqueó la puerta, empujándola hacia una oscuridad absoluta. Evelyn levantó la lámpara, y la luz reveló una pesadilla.

Las catacumbas se extendían ante ellos, antiguos túneles expandidos y modificados para los propósitos de Thornfield. Nichos de piedra originalmente destinados para cadáveres ahora albergaban a los vivos—o algo que se aproximaba a la vida. Rostros se volvieron hacia la luz, ojos parpadeando en la repentina luminosidad. Gemidos y quejidos se elevaban desde la oscuridad.

"Dios mío," exhaló Harrow.

Evelyn no podía hablar. El resplandor de la lámpara revelaba figuras en varios estados entre la vida y la muerte—experimentos fallidos en reanimación, trasplantes parciales, cuerpos faltantes de extremidades u órganos, reemplazados con artilugios mecánicos o simplemente dejados más vacíos que antes. Algunos estaban sujetos a mesas, otros confinados en jaulas. Todos llevaban expresiones de sufrimiento inimaginable.

"Mi trabajo preliminar," dijo Thornfield con desapegado orgullo clínico. "Cada fracaso me enseñó algo nuevo. Me acercó más al éxito."

La criatura que había sido Algernon Carstairs emitió un sonido de pura angustia. "Mi culpa," gimió. "Toda mi culpa. Mis teorías. Mi ambición."

Evelyn luchó contra la bilis que subía por su garganta. "¿Cuántos?" exigió, volviéndose hacia Thornfield. "¿Cuántas personas has aprisionado aquí abajo?"

Thornfield consideró la pregunta, como si contara en su cabeza. "Catorce especímenes viables permanecen. Muchos otros no sobrevivieron a los procedimientos iniciales, por supuesto."

"Catorce personas," corrigió Harrow, su voz dura con rabia controlada. "Catorce víctimas de tu 'ciencia'."

"Estaban muriendo de todos modos," contrarrestó Thornfield. "Indigentes. Enfermos. Les ofrecí un propósito."

"Les ofreciste tortura sin fin," dijo Evelyn. "Esto termina ahora. Todo."

La expresión de Thornfield cambió, un súbito cálculo entrando en sus ojos. "¿Y cómo propones terminar esto, Señorita Carstairs? ¿Los matarás a todos? ¿Pondrás fin a su miseria? ¿Te convertirás en lo mismo que desprecias?"

Evelyn vaciló, la horrible lógica de su pregunta golpeándola. ¿Qué podría hacerse por estas pobres almas, atrapadas entre la vida y la muerte? ¿Qué misericordia podría haber?

La criatura apretó su brazo con sorprendente fuerza. "Libéralos," dijo. "Luego destruye este lugar. Todo. La investigación. El equipo. Quémalo hasta las cenizas."

"¿Destruir décadas de avance científico?" protestó Thornfield. "¡No son mejores que la iglesia quemando el trabajo de Galileo!"

"Galileo no asesinaba gente," señaló Harrow fríamente.

Mientras discutían, una de las figuras en las catacumbas se había acercado—una mujer, o lo que quedaba de una. Sus movimientos eran torpes, espasmódicos, un brazo completamente ausente y reemplazado por un aparato mecánico que hacía clic y zumbaba con cada movimiento. Pero sus ojos estaban alerta, conscientes, observando a Thornfield con odio indisimulado.

"Mary," dijo el doctor, notando su acercamiento. "Mi sujeto más exitoso antes de Algernon. Retención neuronal notable. Recuerda casi todo de antes."

La mujer llamada Mary se lanzó repentinamente, con sorprendente velocidad para su forma dañada. Su brazo mecánico se balanceó en un arco vicioso, alcanzando a Thornfield en el rostro. Él tropezó hacia atrás con un grito de dolor y sorpresa, la sangre corriendo desde un corte en su mejilla.

"Están recordando," jadeó, alejándose a rastras de Mary mientras otras figuras comenzaban a agitarse en la oscuridad. "Cuanto más existen en este estado, más sus mentes reasumen el control sobre los componentes extraños. No he perfeccionado la fórmula de sumisión todavía."

Mary emitió un sonido—no exactamente palabras, sino un grito gutural de rabia y dolor que resonó por las catacumbas. Otras voces se unieron a la suya, un coro de angustia elevándose desde las sombras.

"Necesitamos liberarlos," dijo Evelyn, moviéndose hacia las restricciones más cercanas.

Harrow vaciló, el revólver aún apuntando a Thornfield. "¿Y luego qué? No pueden volver a la sociedad así. No pueden vivir vidas normales."

"No," concordó la criatura que había sido su padre. "Pero merecen... elección. Libertad. Muerte, si la desean."

Thornfield aprovechó la momentánea distracción para lanzarse contra Harrow, forcejeando por el revólver. Lucharon, sus sombras bailando grotescamente en las paredes de la catacumba a la luz de la lámpara. El arma se disparó con un estruendo ensordecedor, la bala rebotando en la piedra.

El sonido galvanizó a los experimentos prisioneros. Aquellos que podían moverse comenzaron a tirar de sus restricciones con renovado vigor. Mary ya se había liberado y ahora estaba ayudando a otros, su brazo mecánico rasgando correas y cadenas con fuerza inhumana.

Evelyn se movió para ayudar a Harrow, pero la criatura la detuvo con un suave toque. "No," dijo. "Libéralos. A todos. Yo me... encargaré de Thornfield."

Ella dudó, viendo algo en su rostro—el rostro de su padre—que la hizo pausar. "¿Qué vas a hacer?"

"Lo que debería haberse hecho... hace años," respondió, su voz fortaleciéndose con resolución. "Terminar esto. Permanentemente."

La criatura se movió con sorprendente gracia hacia donde Harrow y Thornfield todavía luchaban. Con fuerza nacida de la desesperación y componentes cosechados de las más fuertes víctimas de Thornfield, apartó al doctor de Harrow, levantándolo corporalmente del suelo.

"¡Algernon, espera!" gritó Thornfield, genuino miedo en su voz por primera vez. "¡Piensa lo que estás haciendo! ¡Lo logramos! ¡Conquistamos la muerte misma!"

"No," dijo la criatura, su voz terrible en su claridad. "Nos convertimos en muerte. En algo mucho peor."

Harrow recuperó el revólver, apuntándolo inseguramente entre Thornfield y la criatura. "Bájalo," ordenó. "Enfrentará la justicia. Un juicio."

La criatura sacudió la cabeza tristemente. "Ningún juicio puede deshacer este sufrimiento. No hay justicia para estas... víctimas." Comenzó a llevar al forcejeante Thornfield más profundamente en las catacumbas, hacia donde los antiguos túneles continuaban más allá del laboratorio de Thornfield. "Evelyn. Harrow. Libérenlos. Luego váyanse. Rápido."

"Padre," llamó Evelyn, la palabra escapando antes de que pudiera detenerla. "¿Qué vas a hacer?"

La criatura se detuvo, mirándola con ojos que contenían un destello del hombre que ella una vez conoció. "Lo correcto. Por fin." Asintió hacia un gabinete de madera cerca de la entrada. "Químicos allí. Inflamables. Muy inflamables. Después de que se vayan... destruiré este lugar. Todo."

Los forcejeos de Thornfield aumentaron mientras la comprensión amanecía. "¡No! ¡No puedes! ¡Mi investigación! ¡El trabajo de mi vida!"

"Nuestra abominación," corrigió la criatura, arrastrándolo más hacia la oscuridad. "Nuestro pecado a terminar."

Evelyn entendió entonces. "Necesitamos apresurarnos," le dijo a Harrow, ya moviéndose para liberar al prisionero más cercano. "Ayúdame a liberarlos a todos."

Juntos, trabajaron rápidamente, liberando a las víctimas de sus restricciones mientras Mary y los otros experimentos móviles ayudaban a aquellos que no podían caminar. Algunos estaban demasiado perdidos, sus mentes destrozadas por lo que les habían hecho. Otros retenían suficiente conciencia para entender que estaban siendo liberados, sus ojos mostrando gratitud a través de su dolor.

"¿Qué quiso decir sobre los químicos?" preguntó Harrow mientras guiaban a la última de las víctimas hacia las escaleras.

Evelyn miró al gabinete que la criatura había indicado. "El laboratorio de Thornfield contendría numerosas sustancias volátiles. Éter, alcohol, fósforo. Combinados correctamente..."

"Podrían causar una explosión," completó Harrow. "Destruir todo."

"Sí," confirmó en voz baja. "Y a todos los que queden dentro."

La expresión de Harrow era sombría. "Está planeando sacrificarse. Para terminar con Thornfield y todo esto."

"Está tratando de redimirse," dijo Evelyn, su voz quebrándose ligeramente. "Demasiado tarde, pero aun así…"

Habían llegado a las escaleras ahora, la procesión de cuerpos rotos ascendiendo lentamente hacia el laboratorio de arriba. Evelyn se detuvo en el umbral, mirando hacia atrás a la oscuridad donde la creación de su padre había desaparecido con Thornfield.

"Deberíamos irnos," dijo Harrow suavemente, tocando su brazo. "Honrar su elección."

Evelyn asintió, lágrimas corriendo por su rostro. "Adiós, Padre," susurró. Luego, a Harrow: "Saquémoslos."

Guiaron a las víctimas a través del laboratorio y hasta la casa principal, una sombría procesión de atrocidades de Thornfield emergiendo al mundo que los había olvidado. Davis seguía atado donde lo habían dejado, sus ojos abriéndose con horror ante la procesión que pasaba.

"¿Qué hacemos con él?" preguntó Evelyn, gesticulando hacia el asistente.

Harrow consideró brevemente. "Siguió órdenes, pero dudo que entendiera completamente en qué estaba participando. Los tribunales tendrán que decidir su destino." Levantó a Davis a sus pies. "Vamos. Vas a ayudar a estas personas a llegar a un lugar seguro."

Afuera, el aire nocturno se sentía imposiblemente fresco después del hedor del laboratorio y las catacumbas. La luna había ascendido, proyectando luz plateada sobre la calle donde las víctimas de Thornfield estaban de pie o sentadas, muchas viendo el cielo por primera vez en meses o años.

"¿Qué les pasará ahora?" preguntó Evelyn en un hilo de voz.

"No lo sé," admitió Harrow. "Algunos pueden elegir la muerte antes que continuar en su estado actual. Otros podrían encontrar una manera de vivir. Pero será su elección, no la de Thornfield."

Mary se acercó a ellos, su brazo mecánico brillando a la luz de la luna. Emitió una serie de sonidos, luchando por formar palabras con una garganta que había sido alterada para los experimentos de Thornfield.

"Gra... cias," finalmente logró decir, las palabras apenas reconocibles pero el significado claro.

Evelyn tocó su mano humana restante gentilmente. "Lo siento," dijo. "Por lo que te hicieron. Por en lo que se convirtió el trabajo de mi padre."

Mary apretó sus dedos en respuesta, un gesto de comprensión que no necesitaba palabras.

"Necesitamos alejarnos más," dijo Harrow, mirando hacia la casa. "Si va a haber una explosión..."

Condujeron al grupo hasta el final de la calle, encontrando refugio a la sombra de un almacén. Harrow los organizó lo mejor que pudo, instruyendo a Davis para ayudar a las víctimas menos móviles a encontrar posiciones cómodas.

"¿Cuánto tiempo crees que—" comenzó Evelyn, pero su pregunta fue respondida antes de que pudiera completarla.

Un profundo retumbar vino desde dentro de la casa, seguido por el sonido de vidrios rompiéndose. Llamas estallaron desde las ventanas del sótano, extendiéndose rápidamente a través de la estructura seca y envejecida. En minutos, la mansión entera estaba envuelta en llamas, luz naranja iluminando el cielo nocturno mientras años de horror eran consumidos en fuego purificador.

Evelyn observó en silencio, con lágrimas corriendo por su rostro. Pensó en su padre, no en la criatura que había llevado su rostro, sino en el hombre que había sido antes de que la ambición lo corrompiera. El cirujano que una vez salvó vidas. El padre que le enseñó a cuestionar, a aprender, a buscar el conocimiento. En algún momento del camino, se había perdido en la obsesión. Pero en su última encarnación, había encontrado una especie de redención.

—Se acabó —dijo Harrow en voz baja, de pie junto a ella mientras la casa se derrumbaba sobre sí misma, enviando chispas en espiral hacia el cielo nocturno—. El reinado de terror de El Destripador termina esta noche.

—¿Pero a qué precio? —preguntó Evelyn, observando las llamas danzar sobre lo que quedaba del legado de su familia—. ¿Cuántas vidas destruidas? ¿Cuánto sufrimiento?

Harrow no tenía respuesta para eso. En su lugar, colocó una mano suave sobre su hombro.

—Debemos irnos. El fuego atraerá atención. Estas personas necesitan atención médica, al menos lo que se pueda proporcionar, y debo informar... algo de lo que sucedió aquí esta noche.

—No todo —dijo Evelyn rápidamente—. El mundo no está listo para la verdad. Solo inspiraría a otros a continuar donde Thornfield lo dejó.

Harrow asintió lentamente.

—Algunas verdades son demasiado peligrosas. El informe oficial dirá que Jack el Destripador murió en un incendio mientras resistía el arresto. Los detalles permanecerán sellados —miró al grupo de víctimas acurrucadas—. Por su bien, más que por cualquier otra cosa.

—¿Y qué pasará con la investigación de mi padre? —preguntó Evelyn—. ¿Los diarios, las notas que sobrevivieron?

—Destruidos —dijo Harrow con firmeza—. Todo. Hay conocimientos demasiado costosos.

Mientras comenzaban a guiar a las víctimas hacia a un nuevo comienzo, Evelyn echó una última mirada a las ruinas ardientes de Ashdown Street. El lugar donde la ciencia había cruzado hacia la locura, donde la línea entre la vida y la muerte se había desdibujado más allá de todo reconocimiento. Las llamas lo consumían todo ahora, borrando la evidencia de en qué podía convertirse la ambición humana cuando no era contenida por la conciencia.

Pero sabía que el fuego no podía borrar la memoria. Esa carga sería suya.

Se dio la vuelta y siguió a Harrow en la noche, dejando el dominio del fantasma reducido a cenizas.

Epilogue

Shadows Never Die

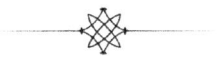

Whitechapel woke under a sickly morning sun. The light spilled across rooftops and gutters, making even the filthiest corners of London look almost clean. Edmund Harrow leaned against the railing of Blackfriars Bridge, watching muddy water swirl beneath him. The Thames didn't give a damn about Jack the Ripper or anyone else. It just kept flowing, same as it had when Romans crossed it two thousand years ago.

He'd filed the report yesterday. A masterpiece of half-truths, really. The official story: Dr. Emmett Thornfield, unmasked as the Ripper, died resisting arrest when fire consumed the old Carstairs mansion. His dim-witted assistant Davis survived and confessed to helping with the killings. Case closed, newspapers satisfied, public breathing easier. God knows the Commissioner was pleased enough—clapped Harrow on the shoulder and promised a commendation.

The real story? Locked in Harrow's desk drawer, written out in cramped handwriting on paper he'd sealed with wax. Maybe nobody would ever read it. Maybe nobody should. How do you explain a respected surgeon's descent into madness? How do you describe what Thornfield had done in those underground rooms, all in the name of his twisted version of science?

"Inspector Harrow."

That voice. He turned and found Evelyn Carstairs approaching, dressed head-to-toe in mourning black despite the brightness of the day. She looked older somehow. The fire had left its mark on her—not just in the small burn scar near her temple, but in her eyes. They'd seen too much. Like his own, he supposed.

"Miss Carstairs." He managed a slight bow. "Wasn't expecting to see you. Thought you'd be packing for the continent."

"I am." She joined him at the railing, keeping a proper distance. "Ship leaves tomorrow. But I wanted to thank you personally. For your discretion."

She meant the survivors, of course. The poor devils they'd found chained in the cellar laboratories. Most had chosen a dignified end rather than continue living in bodies Thornfield had... altered. A few, including the girl Mary, had decided to live. Evelyn had spent nearly every penny of her inheritance buying a remote Scottish estate where they could remain hidden from a world that would never understand what had been done to them.

"Least I could do." Harrow shrugged. "They deserve whatever peace is possible."

Evelyn stared off across the water for a long moment. "Vienna has specialists. Doctors developing new techniques in reconstructive surgery and prosthetics. I've arranged consultations."

"For Mary?"

"For all of them." Her voice softened. "Perhaps we can undo some small fraction of the damage."

"Noble pursuit." Harrow meant it. "Your father—the man he was before all this—he'd approve."

She flinched slightly at the mention of Algernon Carstairs. The brilliant surgeon who'd begun the work that Thornfield, his protégé, had taken to such hideous extremes.

"I prefer to think it was that version of him who helped us in the end," she said quietly. "Not the... thing... Thornfield brought back. Just some echo of the father I remember."

They fell silent, watching coal barges chug upstream. Ordinary life continuing all around them, oblivious to nightmares.

"Will you stay with the police?" she asked eventually.

Christ, he hadn't even thought about it. The question caught him off guard.

"For now, I suppose. Though I find myself..." He groped for words. "Less tolerant of darkness these days."

"Understandable." She turned toward him fully. "Edmund. If you should ever wish to write, to reassure yourself that someone else remembers, that it wasn't some fever dream..."

"I'd welcome that." The words came too quickly, betraying something he wasn't ready to examine. Something had formed between them in that hellish night—not quite friendship, definitely not romance, but a bond forged in shared horror that few others could comprehend.

The faintest smile touched her lips. She opened her small handbag and pulled out a package wrapped in brown paper.

"My father's earliest journal," she said, extending it toward him. "His legitimate research, before the obsession. When he still wanted to heal rather than transform. I think it should be in your keeping."

Harrow took it, feeling the weight. "You're certain?"

"It contains valuable knowledge. Techniques that could save lives in the right hands." Her green eyes held his. "I trust your judgment, Inspector. More than my own, in many ways."

He slipped the journal inside his coat. "I'll guard it carefully."

"I know." She offered her gloved hand. He took it gently, feeling the warmth through the fabric. "Until Vienna, then."

"Until Vienna."

Harrow stood motionless as she walked away, spine straight as a soldier's, shoulders squared against a world that had no idea what burdens she carried. When she'd disappeared into the morning crowd, he turned back to the river.

He hadn't told her everything. Hadn't mentioned the shadows he sometimes glimpsed just beyond normal vision. Hadn't spoken of the dreams that jolted him awake—Thornfield's voice whispering that death was merely a passage, not an end, and he had discovered its mechanism.

The Ripper was gone. London breathed easier. Yet as Harrow left the bridge and rejoined the flow of humanity, unease gnawed at him. Something far darker than a mere murderer had been unleashed—something that wouldn't be contained by official reports and newspaper headlines.

The journal seemed to throb against his ribs as he walked. Knowledge that could heal or harm, depending on whose fingers turned its pages. For now, those fingers were his. Another weight to carry.

But a question dogged his steps, clung to him like the damp London fog:

If death was truly just a doorway, what else might stumble through?

Epílogo

Las sombras nunca mueren

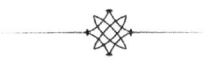

El sol de la mañana se alzó sobre Whitechapel, bañando la ciudad en una luz fría que parecía purificar las calles tras meses de terror. El inspector Edmund Harrow estaba de pie en la barandilla del puente de Blackfriars, observando el Támesis fluir bajo él, oscuro e inmutable a pesar de todo lo que había sucedido.

El informe oficial había sido archivado, una obra maestra de omisión deliberada. Jack el Destripador, identificado como el Dr. Emmett Thornfield, había perecido en un incendio mientras resistía el arresto. Su cómplice, un asistente de mente simple llamado Davis, estaba bajo custodia, acusado de ser cómplice de asesinato. El caso estaba cerrado, Londres podía respirar nuevamente y los periódicos tenían su titular.

Sin embargo, la verdad estaba guardada en un cajón en el escritorio de Harrow, escrita con su caligrafía precisa y sellada con cera. Un registro para la posteridad, por si el mundo alguna vez estaba listo para conocerla. La historia de un brillante cirujano corrompido por la ambición, de un protegido que llevó esa corrupción a profundidades inimaginables y de los horrores que habían cometido en nombre de la ciencia.

—Inspector Harrow.

Se volvió para encontrar a Evelyn Carstairs acercándose, vestida de negro de luto a pesar de la soleada mañana. Las semanas desde el incendio habían dejado su huella en ella: nuevas líneas alrededor de sus ojos, cierta cautela en su expresión. Pero también había fuerza allí, una determinación forjada en el crisol de aquella noche.

—Señorita Carstairs —respondió con una leve inclinación de cabeza—. No esperaba verla antes de su partida.

—Quería agradecerle —dijo, uniéndose a él en la barandilla—. Por su discreción. Por su ayuda con... los demás.

Harrow asintió, pensando en los supervivientes de los experimentos de Thornfield. La mayoría había elegido un final pacífico, incapaces de continuar en sus estados alterados. Unos pocos, incluida Mary, habían decidido vivir, encontrando refugio en una finca aislada en Escocia que Evelyn había comprado con lo último de su fortuna familiar. Allí, podrían vivir sus días en comodidad y privacidad, lejos de un mundo que nunca los comprendería ni aceptaría.

—Merecen toda la paz que podamos darles —dijo simplemente.

Evelyn contempló el río, su expresión distante.

—Mañana parto hacia Viena. Hay médicos allí haciendo un trabajo extraordinario con prótesis. Quizás pueda ayudar a Mary y a los demás a encontrar algo de normalidad.

—Una causa noble —dijo Harrow—. Su padre estaría orgulloso.

—Mi padre —repitió Evelyn, con una mezcla compleja de emociones en esas dos palabras—. El hombre que fue antes, tal vez. Prefiero pensar que fue él quien nos salvó al final. No el monstruo que Thornfield creó, sino algún eco del padre que una vez conocí.

Permanecieron en silencio, observando los barcos moverse arriba y abajo del río, transportando carga y pasajeros ajenos a la pesadilla que ellos habían presenciado.

—¿Continuará con la policía? —preguntó Evelyn después de un rato.

Harrow consideró la pregunta.

—Por ahora. Aunque encuentro mi tolerancia hacia la oscuridad de la humanidad algo disminuida estos días.

—Comprensible —dijo ella. Se volvió para mirarlo de frente—. Inspector... Edmund. Si alguna vez desea escribirme, para hablar de lo que vimos o simplemente para asegurarnos de que fue real y no alguna alucinación compartida...

—Lo agradecería —dijo él, más rápido de lo que había pretendido. Algo se había formado entre ellos en las llamas de aquella noche. No exactamente amistad, no exactamente algo más, pero un vínculo que pocos otros en el mundo podrían comprender.

Evelyn sonrió, su expresión transformando sus rasgos solemnes. Sacó un pequeño paquete envuelto en papel marrón de su bolso.

—El último diario de mi padre —dijo, ofreciéndoselo—. El único que conservé. Su trabajo temprano, antes de que la obsesión se apoderara de él. Cuando todavía era un sanador, no un monstruo. Pensé que tal vez usted debería tenerlo.

Harrow tomó el paquete, sintiendo el peso de su significado.

—¿Está segura?

—El conocimiento que contiene es valioso —dijo ella—. Técnicas que podrían salvar vidas, si se aplican correctamente. Confío en su juicio, inspector. Más de lo que confío en el mío, en algunos aspectos.

Guardó el diario cuidadosamente en su abrigo.

—Lo protegeré.

—Lo sé —dijo ella, extendiendo su mano enguantada, que él tomó con suavidad—. Hasta Viena, entonces.

—Hasta Viena —coincidió.

Harrow la vio alejarse, su postura firme sin delatar el peso de sus cargas. Solo cuando desapareció en la multitud matutina se volvió hacia el río nuevamente, con pensamientos inquietos a pesar del cierre del caso.

Porque no le había contado todo a Evelyn. No había mencionado las sombras que a veces vislumbraba por el rabillo del ojo, moviéndose más allá de la percepción. No había hablado de los sueños que lo despertaban en la noche, de la voz de Thornfield susurrando que la muerte no era más que una puerta... y que él había encontrado la llave.

El Destripador se había ido, su reinado de terror había terminado. Los periódicos proclamaban que Londres estaba segura una vez más. Sin embargo, mientras Harrow dejaba el puente y se adentraba en la ciudad, no podía sacudirse la sensación de que algo más oscuro había sido liberado, algo que no sería tan fácil de contener.

En su bolsillo, el diario de Algernon Carstairs parecía latir con posibilidades, tanto maravillosas como terribles. Conocimiento que podía sanar o destruir, dependiendo de en qué manos cayera.

Por ahora, esas manos eran las suyas. Y él llevaría esa responsabilidad.

Pero en el fondo de su mente, una pregunta persistía, tan obstinada como la niebla que aún cubría las calles de Londres en las frías mañanas:

Si la muerte era realmente solo una puerta, ¿qué más podría cruzarla?

Enjoyed this book?

Share your thoughts with a review and help more readers discover it! Your feedback truly makes a difference.

☆ ☆ ☆ ☆ ☆

Glossary in English

Chapter 1

- Cloying (empalagoso) - excessively sweet or sentimental
- Gaslight (luz de gas) - light produced by burning gas
- Simmering (hirviendo a fuego lento) - staying just below boiling point
- Gruesome (horripilante) - causing horror or disgust
- Surgical (quirúrgico) - relating to surgery, precise
- Exertion (esfuerzo) - physical or mental effort
- Cordoned (acordonado) - blocked off with a barrier
- Methodical (metódico) - done according to a systematic procedure
- Butchery (carnicería) - brutal or indiscriminate killing
- Dissected (diseccionado) - cut up for scientific examination
- Scalpel (bisturí) - small, sharp knife used in surgery
- Deliberate (deliberado) - intentional, carefully considered
- Extensive (extenso) - covering a large area, thorough
- Violated (violado) - treated with disrespect, desecrated
- Chronological (cronológico) - arranged in order of time
- Eluded (eludido) - escaped from or avoided
- Penchant (inclinación) - a strong liking for something

- Reckless (imprudente) - without thinking about the consequences
- Silhouetted (silueteado) - outlined against a lighter background
- Instinctively (instintivamente) - without conscious thought

Chapter 2

- Hulked (se alzaba imponente) - loomed large and imposing
- Buttresses (contrafuertes) - structures built against a wall for support
- Gargoyles (gárgolas) - grotesque carved figures on buildings
- Nave (nave) - the central part of a church
- Guttering (parpadeo) - flickering before going out (of candles)
- Vaulted (abovedado) - with an arched ceiling
- Pallor (palidez) - unhealthy pale appearance
- Quavered (tembló) - spoke with a trembling voice
- Jerkily (espasmódicamente) - with sudden, abrupt movements
- Rafters (vigas) - sloping roof beams
- Vantage (punto ventajoso) - a position giving a strategic advantage
- Seeping (filtrándose) - flowing slowly through small openings
- Sinister (siniestro) - giving the impression of evil or harm
- Workup (análisis completo) - a thorough examination or analysis
- Churned (agitaba) - moved or mixed vigorously
- Consumption (tuberculosis) - a wasting disease, specifically tuberculosis
- Disgrace (deshonra) - loss of reputation or respect
- Tenements (viviendas) - run-down apartment buildings

- Bleary-eyed (ojos cansados) - with eyes tired from lack of sleep
- Grimy (mugriento) - extremely dirty, covered with grime

Chapter 3

- Façade (fachada) - the front of a building
- Askew (torcido) - not in a straight position
- Ostracized (ostracizado) - excluded from society or a group
- Precaution (precaución) - a measure taken in advance to prevent harm
- Foyer (vestíbulo) - entrance hall of a building
- Sinister (siniestro) - giving the impression of evil or harm
- Banister (barandilla) - handrail on a staircase
- Undisturbed (intacto) - not moved or changed from original position
- Meticulous (meticuloso) - showing great attention to detail
- Scalpels (bisturíes) - small straight knives used in surgery
- Forceps (pinzas) - instrument used for gripping in medical procedures
- Formaldehyde (formaldehído) - chemical used for preserving specimens
- Churning (revolviendo) - moving or mixing with agitation
- Detachment (desapego) - emotional distance or separation
- Culmination (culminación) - the highest or climactic point
- Intricate (intrincado) - very complicated or detailed
- Engraved (grabado) - carved or cut into a surface
- Conceal (ocultar) - hide from sight
- Adjacent (adyacente) - next to or adjoining something else

- Compliance (cumplimiento) - the action of complying with a command

Chapter 4

- Turmoil (tumulto) - state of great disturbance or confusion
- Exaggerated (exagerado) - represented as being larger or more important than it actually is
- Butchery (carnicería) - brutal or indiscriminate killing
- Depravity (depravación) - moral corruption or wickedness
- Fanatic (fanático) - person filled with excessive zeal for an extreme religious or political cause
- Fervor (fervor) - intense and passionate feeling
- Transplant (trasplante) - medical operation involving the moving of an organ
- Harvesting (cosechando) - collecting or obtaining something, especially for future use
- Monstrous (monstruoso) - extremely and shockingly wrong or cruel
- Outnumbered (superado en número) - greater in number than someone else
- Dissection (disección) - the careful cutting apart of something to examine its structure
- Acrid (acre) - sharp and harsh in taste or smell
- Subduing (sometiendo) - bringing under control by force
- Visionary (visionario) - thinking about or planning the future with imagination or wisdom
- Atrocity (atrocidad) - an extremely cruel and brutal act
- Mosaic (mosaico) - a pattern or image made of small pieces
- Lunatic (lunático) - a person who is mentally ill, especially in an extreme way

- Apparatus (aparato) - technical equipment or machinery
- Exasperating (exasperante) - intensely irritating or frustrating
- Facade (fachada) - an outward appearance that conceals a less pleasant reality

Chapter 5

- Handsomely (generosamente) - in a generous manner
- Discretion (discreción) - the quality of being careful about what one says or does
- Juicy (jugoso) - interestingly scandalous or exciting
- Incantation (encantamiento) - a series of words said as a magic spell or charm
- Cadence (cadencia) - the rhythm or flow of sounds in language
- Fervor (fervor) - intense and passionate feeling
- Grappled (forcejearon) - engaged in a close fight or struggle
- Skittered (se deslizó) - moved quickly with light steps or sounds
- Desperation (desesperación) - a state of despair leading to reckless action
- Legacy (legado) - something handed down from the past
- Waistcoat (chaleco) - a sleeveless garment worn under a jacket
- Hulking (corpulento) - large, heavy, and clumsy
- Bruising (magullador) - causing bruises or injury
- Reanimation (reanimación) - restoring life to something dead
- Protégé (protegido) - a person guided and supported by an older and more experienced mentor
- Radical (radical) - advocating thorough political or social change
- Maneuvered (maniobró) - moved skillfully or carefully
- Expended (gastados) - used or spent completely

- Disparate (dispares) - essentially different in kind; not allowing comparison
- Deteriorate (deteriorarse) - become progressively worse

Chapter 6

- Regularity (regularidad) - the quality of being even or recurring at fixed intervals
- Convulsed (convulsionó) - suffered violent irregular muscle contractions
- Detachment (desapego) - emotional disconnection or lack of personal involvement
- Delusional (delirante) - characterized by holding false beliefs despite evidence
- Contorted (contorsionado) - twisted into an unnatural position
- Disoriented (desorientado) - having lost sense of direction or purpose
- Unraveling (desmoronándose) - coming undone or falling apart
- Galvanized (galvanizó) - shocked or excited into taking action
- Atrocities (atrocidades) - extremely wicked or cruel acts
- Contrivances (artilugios) - mechanical devices or elaborate plans
- Incantation (conjuro) - a series of words spoken as a magic spell or charm
- Anguish (angustia) - severe mental or physical pain or suffering
- Procession (procesión) - a group of people moving forward in an orderly fashion
- Patchwork (retazos) - something made up of different pieces joined together
- Grotesquely (grotescamente) - in a way that is distorted to create a bizarre effect
- Flammable (inflamable) - easily set on fire

- Redemption (redención) - the action of saving or being saved from sin, error, or evil
- Incarnation (encarnación) - a person who embodies a quality or concept
- Threshold (umbral) - a point of entry or beginning
- Consciousness (conciencia) - the state of being aware of one's surroundings

Epilogue

- Sickly (enfermizo) - pale and unhealthy in appearance
- Gutters (canalones) - channels at the edge of a roof for rainwater
- Muddy (fangoso) - covered with or full of mud
- Half-truths (medias verdades) - statements that convey only part of the truth
- Unmasked (desenmascarado) - revealed the true character of someone
- Commendation (condecoración) - official praise or award
- Cramped (apretado) - uncomfortably small or restricted
- Mourning (luto) - the expression of grief after someone's death
- Continent (continente) - one of Earth's main landmasses
- Discretion (discreción) - the quality of behaving in a way that protects confidential information
- Altered (alterado) - changed or modified in some way
- Inheritance (herencia) - property or money received from someone after they die
- Reconstructive (reconstructiva) - relating to surgery to restore appearance or function
- Prosthetics (prótesis) - artificial body parts
- Fraction (fracción) - a small portion or piece of something
- Protégé (protegido) - a person guided and supported by an older and more experienced mentor

- Hideous (horrendo) - extremely ugly or frightening
- Oblivious (ajeno) - not aware of or concerned about what is happening around one
- Mechanisms (mecanismos) - systems of parts working together in a machine
- Gnawed (roía) - continuously bit or chewed on something

Glosario en Español

Capítulo 1

- Escudriñaba (scrutinized) - to examine or look at carefully
- Engullendo (swallowing) - consuming or devouring something completely
- Hirviente (simmering) - heated to just below boiling point
- Atroz (gruesome) - extremely cruel or brutal
- Quirúrgico (surgical) - relating to or used in surgery
- Acordonada (cordoned off) - closed off with a barrier
- Carnicería (butchery) - brutal or indiscriminate killing
- Meticulosa (methodical) - done according to a systematic procedure
- Laberinto (maze) - a complex network of passages
- Desesperanza (despair) - complete loss of hope
- Escalpelo (scalpel) - small sharp knife used in surgery
- Metódico (methodical) - done according to a systematic procedure
- Exhaustivo (exhaustive) - comprehensive, thorough
- Despacho (office) - a room where work is done
- Cronológicamente (chronologically) - arranged in order of time
- Abrecartas (letter opener) - tool for opening envelopes
- Caligrafía (handwriting) - the art of writing by hand

- Imprudente (reckless) - acting without thinking about consequences
- Emboscada (ambush) - surprise attack from a concealed position
- Amenazantes (threatening) - causing or likely to cause harm

Capítulo 2

- Recortaba (silhouetted) - stood out against a background
- Hollín (soot) - black powdery substance produced by burning
- Gárgolas (gargoyles) - grotesque carved figures on buildings
- Llovizna (drizzle) - light rain
- Chirrido (screech) - sharp, high-pitched sound
- Goznes (hinges) - mechanisms that allow doors to open and close
- Penumbra (dimness) - partial darkness or shadow
- Penitentes (penitents) - people who repent their sins
- Demacrada (gaunt) - abnormally thin or pale, especially from illness
- Ensordecedora (deafening) - extremely loud
- Esfumado (vanished) - disappeared quickly
- Borboteaba (bubbled) - liquid flowing or moving in an irregular, noisy way
- Desorbitados (bulging) - protruding or sticking out
- Gorgoteada (gurgled) - sound made by liquid flowing with bubbles
- Tisis (consumption/tuberculosis) - an infectious disease affecting the lungs
- Ensombreció (darkened) - became darker or more serious
- Conspiracion (conspiracy) - a secret plan by a group to do something harmful
- Desacreditado (discredited) - having lost reputation or trust
- Descoloridos (faded) - having lost color over time

- Presumiblemente (presumably) - used to convey that what is stated is very likely

Capítulo 3

- Desmoronándose (crumbling) - falling apart gradually in pieces
- Tapiadas (boarded up) - covered or sealed with boards
- Despojado (stripped) - deprived of possessions or qualities
- Ostracizado (ostracized) - excluded from a society or group
- Bisagras (hinges) - mechanical devices that connect two objects
- Penumbra (gloom) - partial darkness between light and shadow
- Metálico (metallic) - relating to or resembling metal
- Empañaba (misted) - became covered with condensation
- Telarañas (cobwebs) - spider webs, especially old ones
- Barandilla (banister) - a railing along a staircase
- Caoba (mahogany) - reddish-brown hardwood from tropical trees
- Sillón (armchair) - a comfortable chair with armrests
- Amarillentas (yellowish) - slightly yellow in color
- Bisturís (scalpels) - small, extremely sharp knives used for surgery
- Formaldehído (formaldehyde) - chemical used for preserving specimens
- Inadecuado (unsuitable) - not appropriate or fitting for a purpose
- Vislumbrarla (glimpse it) - catch a brief or partial view of something

- Culminación (culmination) - the highest or final point of something
- Intrincada (intricate) - very complicated or detailed design
- Adyacente (adjacent) - next to or adjoining something else

Capítulo 4

- Conmoción (shock) - a sudden emotional or physical disturbance
- Inquebrantable (unwavering) - impossible to break or shake
- Exagerada (exaggerated) - represented as being larger than it actually is
- Carnicería (butchery) - brutal or indiscriminate killing
- Depravación (depravity) - moral corruption or wickedness
- Fervor (fervor) - intense and passionate feeling
- Trasplante (transplant) - operation that moves an organ from one body to another
- Cosechando (harvesting) - gathering crops or collecting something for future use
- Desvanecía (faded) - gradually disappeared
- Difuminaron (blurred) - became less distinct or clear
- Desagües (drains) - channels through which liquid can flow away
- Estantes (shelves) - flat surfaces on which objects can be placed
- Palpitaba (throbbed) - beat with strong, regular rhythm
- Graznó (croaked) - spoke with a rough, harsh voice
- Chantaje (blackmail) - demanding payment by threatening to reveal information
- Ademán (gesture) - movement of part of the body to express an idea

- Mosaico (mosaic) - pattern made by arranging small colored pieces
- Glándula (gland) - organ in the body that produces substances needed by the body
- Ozono (ozone) - form of oxygen with a distinctive smell
- Exasperante (exasperating) - extremely annoying or frustrating

Capítulo 5

- Generosamente (generously) - in a bountiful or liberal manner
- Discreción (discretion) - the quality of being careful with what one says or does
- Escándalo (scandal) - an action causing public outrage or moral disapproval
- Atormentaban (tormented) - caused severe physical or mental suffering
- Penumbras (shadows) - partial darkness between light and complete darkness
- Encantamiento (incantation) - a series of words said as a magic spell or charm
- Fervor (fervor) - intense and passionate feeling
- Encorvado (hunched) - bent over with a rounded back
- Forcejeaban (struggled) - fought or contended with an opposing force
- Magulladora (bruising) - causing bruises or injury
- Atragantara (choked) - became unable to breathe properly
- Descomposición (decomposition) - the process of rotting or decaying
- Turbio (cloudy) - not clear or transparent, murky
- Protegido (protégé) - a person guided and supported by an older mentor
- Cosechando (harvesting) - gathering or collecting something for future use
- Culminación (culmination) - the highest or climactic point of something
- Dispares (disparate) - fundamentally different or distinct in quality or kind

- Reverente (reverent) - showing deep respect or veneration
- Crispándose (twitching) - making small, quick, involuntary movements
- Estremecedor (shuddering) - causing a trembling motion through the body

Capítulo 6

- Entrecortado (halting) - interrupted or broken in rhythm
- Desenfocados (unfocused) - not clearly focused or blurry
- Vacantemente (vacantly) - with a blank or empty expression
- Crisparon (twitched) - made sudden, small movements
- Neuronales (neuronal) - relating to neurons or nerve cells
- Tumulto (turmoil) - state of great disturbance or confusion
- Abominación (abomination) - something that causes disgust or hatred
- Convulsionó (convulsed) - suffered violent, involuntary muscle contractions
- Arqueándose (arching) - bending into a curved shape
- Desvaneciéndose (fading) - gradually disappearing
- Delirando (delusional) - suffering from false beliefs
- Graznó (croaked) - made a harsh, rough sound when speaking
- Contorsionó (contorted) - twisted into an unnatural position
- Retorció (twisted) - turned something with force
- Contrarrestó (countered) - opposed or responded to something
- Estremecimiento (shudder) - a trembling motion through the body
- Galvanizó (galvanized) - shocked or excited into taking action

- Disimulado (disguised) - concealed the true nature of something
- Inimaginable (unimaginable) - impossible to imagine or comprehend
- Redimirse (redeem oneself) - make up for past mistakes or faults

Epílogo

- Inmutable (immutable) - unchangeable or unchanging over time
- Omisión (omission) - the action of excluding or leaving out someone or something
- Perecido (perished) - died, especially in a violent or sudden way
- Posteridad (posterity) - future generations of people
- Corrompido (corrupted) - made morally depraved or altered from original state
- Inimaginables (unimaginable) - impossible to imagine or comprehend
- Crisol (crucible) - a severe test or trial
- Discreción (discretion) - the quality of behaving in a way that maintains privacy
- Ajenos (oblivious) - unaware of or not concerned about something
- Disminuida (diminished) - reduced or lessened in force, value, or intensity
- Alucinación (hallucination) - an experience of something that doesn't exist
- Vínculo (bond) - a connection, tie, or relationship between people
- Solemnes (solemn) - formal and dignified in manner
- Sanador (healer) - someone who cures or treats diseases or injuries
- Enguantada (gloved) - covered with a glove
- Delatar (betray) - reveal or disclose information unintentionally
- Vislumbraba (glimpsed) - caught a brief or partial view of something

- Percepción (perception) - the ability to see, hear, or become aware of something
- Sacudirse (shake off) - rid oneself of something unwanted
- Persistía (persisted) - continued firmly or obstinately

Printed in Dunstable, United Kingdom